王子に囚われて

雪代鞠絵

幻冬舎ルチル文庫

CONTENTS ✦目次✦

月夜の王子に囚われて

✦カバーデザイン＝清水香苗（CoCo.design）
✦ブックデザイン＝まるか工房

イラスト・緒田涼歌✦

月夜の王子に囚われて

甘い匂いがする。

眠い。目が開かない。

どうしてこんなに眠いんだろう？　眠ってる場合じゃないのに。目を開けて、起き上がって、大切な物を届けなきゃいけないのに。

痺《しび》れたように重い腕を、暗闇《くらやみ》に向かって伸ばした。その指をそっと取られる。

「やっと会えたな。小鳥《ことり》」

囁《ささや》きかける懐かしい声に、不意に遠い記憶が蘇《よみがえ》る。

金色の太陽、香りの強い鮮やかな花。神様に捧げる祈りの声。四方を砂漠に囲まれた中東の大国――ラハディール王国。

そして、まだ子供だった俺《おれ》と一緒に遊んだ年上の男の子のこと。高貴な身分にあったその子と俺は、毎日二人で過ごしたのだ。

「十年経《た》ってもお前は子供の頃《ころ》と変わらず愛らしい。俺の理想そのものの姿で、この国へ帰って来た」

そうして耳元で囁く。小鳥という名前の通り、鳥籠《とりかご》に入れと。

「お前は俺の花嫁だ」

「目が覚めたか？」

耳元で優しく問われた。そして唇を、何か柔らかく濡《ぬ》れた感触でふさがれる。

「ん、ん…………」

くすぐったくて身を捩《よじ》り、手探りでシーツを引っ張る。その子供っぽい仕草に、くすりと笑う気配があった。

「可愛《かわい》いな、俺の花嫁《イ・マジェイラ》」

たぶらかすような口調で誰かが囁く。そっと前髪をかき上げられ、俺――杉本《すぎもと》小鳥はぼんやりと目を開いた。

「だれ……？　ここ、どこ……？」

「王宮の、俺の居室だ」

「おうきゅう…？」

舌足らずな口調で、たどたどしく呟《つぶや》く。

俺が横たわっているのは、淡い紗《しゃ》が垂れ下がった天蓋《てんがい》付きの巨大なベッドだ。室内は呆《あき》れる程広く、壁や天井に施された蔓草《つるくさ》の浮彫《レリーフ》は優雅なアラベスク様式だ。遙か向こうにある窓から斜めに差し込む日光が金色に輝いて見えた。その苛烈《かれつ》さは、明らかに日本のものとは違う。

そうだ。俺は今、ラハディール王国にいるんだ。

昨日飛行機で日本を出て、ラハディールの首都ギラハドに到着した。日本から付いて来た護衛の人に案内されて、初めて見る大きなリムジンに恐る恐る乗り込んで、それから――それから。

思い出そうとするのに、顎《あご》を取られ上向かされる。もう一度唇を重ねられて、そこで一気に目が覚めた。

「わっ‼」

大慌てで飛び起きて、唇を押さえる。

「な、なななんで、キス……っ⁉」

「お前がなかなか目を覚まさないから、ついしてみたくなった。昔、一緒に読んだ絵本にそんな話があっただろう」

お姫様は王子様のキスで目を覚ます。

人を食ったような口調でそう答えた男は、大きなクッションに頬杖《ほおづえ》をついて、俺の隣に長身をしどけなく横たえている。身に纏《まと》った、ゆったりとした貫頭衣は長衣《トウブ》と呼ばれるアラビアの衣装だ。そして涼しげに整った気高い顔立ち。つややかな黒髪に目の形は綺麗《きれい》な切れ長で、瞳《ひとみ》は冴《さ》えたブルーだ。

誇り高さと孤高の地位を表す青。十年経っても、その瞳を忘れられるはずがなかった。

「イシュマ………」

「久しぶりだな、小鳥」

イシュマは艶《あで》やかに微笑する。

ハヴァシェリ＝シャライード・イシュマ・エル・ラハディール。今年十八歳になる、ラハディール王国の王位第一継承者だ。俺ははるばる日本から、この王子様に俺の父親が造ったルビーの指輪を届けに来たのだ。

世界的に有名な宝石職人である俺の父親の下《もと》へ、ラハディール王室からルビーの原石が届けられたのは半年程前のことだ。その原石を使って、この国の成人である十八歳を迎えたばかりの王子の為に、結婚指輪を造って欲しいと依頼があった。

そして、完成後は俺が飛行機に乗ってラハディールまで届けることになった。王子直々の命令があったからだ。

指輪を造った職人の息子とは言え、俺はただの高校生に過ぎない。しかも小柄で気弱、口下手で、学校の学級委員長だって任されたことがない。そんな頼りない子供に、どうして大切な指輪を運ぶ大任が下ったかと言えば——

——この国の王子様と、日本の平凡な高校生である俺が、実は幼馴染《おさななじみ》だからだ。

「ひ、ひ、ひさしぶりだな、じゃないよ、イシュマ」

十年ぶりの対面。寝起きで髪はぼさぼさだし、何で自分がベッドに横になっていたのかちっとも分からない。それでも俺は、顔を真っ赤にしてイシュマにかみ付いた。

イシュマに会ったら絶対、一言言ってやろうと思っていたんだから。

十年間、一度も会っていなかったのに。連絡さえ取っていなかったのに。我儘《わがまま》を振りかざそうとする王子様に、絶対抗議してやろうと思っていた。

「いくら昔、一緒に遊んだからってこんな風にいきなり呼び出されたって困るっ。俺がこの国に住んでたのは十年も前の話だし、今は日本でフツーに暮らしてるんだからね！」

「無邪気な顔で寝入っていたのに、目を覚ましたらいきなり癇癪《かんしゃく》か。そう言えば、お前は十年前も俺の前で怒るか泣いてばかりいたな」

「そ、それは、イシュマが俺のことといじめたからじゃないか！　十年経ったってちゃんと全部憶えてるんだからっ！」

そうだ、全部憶えてるんだから。俺はこの王子様に散々振り回されて、毎日ひどい目に遭《あ》わされたんだ。

十年前、俺はラハディールの田舎《いなか》町に住んでいた。父親が宝石加工技術を磨く為、世界一の貴石の産出国であるラハディールへ、一家揃《そろ》って日本から移住したのだ。

当時のイシュマはまだ正式な王位継承者ではなく、一貴族と同じ地位にあり、俺の家のすぐ近くにある大きな屋敷に住んでいた。そして歳の近かった俺と毎日一緒に遊んだ――と言うより、俺が一方的にイシュマにいじめられて、横暴を振るわれては泣かされていたんだけど。

「砂漠に置いてきぼりにされたり、キャンディだってヘンな虫食べさせられたり、…全部憶えてる。もう子供の時みたいにイシュマに振り回されたくない！　今回だって本当は来たくなかったんだからっ」

「ならば拒否すれば良かったんだ。わざわざ俺の言う通りにこの国にやって来て、それで命令するなとは従順なのか反抗的なのか判断に苦しむが」

「イシュマの命令に従ったんじゃないもん！　王子様の結婚指輪だって聞いたから、ちゃんと届けなきゃって……」

そこで俺ははっと息を飲んだ。

「――そうだ、指輪……！」

全身をシャツとジーンズの上からぱたぱたと叩いて、瞬時に真っ青《まさお》になった。たすきがけにしていた鞄《かばん》がない。日本から、大事に大事に持って来た鞄。

あれには指輪を収めた指輪ケースが入っていたのに。

「イシュマ……！　どうしよう俺、盗られちゃったんだ。指輪――誰かに襲われて、それで、それで…どうしよう」

確か空港を出て、リムジンに乗るなり誰かに襲われたのだ。背後から、薬か何かを嗅《か》がされて、いきなり眠くなってそのまま意識を失ってしまった。そこまでは思い出した。

「どうしよう、イシュマ、どうしよう」

さっきまで怒鳴って怒っていたことも忘れて、俺はすっかり半べそになってしまう。俺が預かっていた指輪はただの指輪じゃないのに。

その原石は、ラハディールの聖域にある鉱山から採掘され、神殿で一千日に渡り神官たちの祈りが捧げられたという。それを使って作られた指輪は王子と花嫁を永遠に繋《つな》ぐ証《あかし》とされて、婚儀の礼には絶対に欠かせないものとなっている。金銭的な価値だけでなく、宗教上・政治上も重大な意味を持つ宝石だ。どんな宝石とも取り替えがきかない。だから日本から護衛が三人も付き、俺も肌身離さず、大事に抱えるようにして運んで来たのだ。

「大丈夫だ、小鳥。お前は何も心配しなくていい」

イシュマは悠然と微笑している。自分の前に解決出来ない問題など有り得ないというような、高慢な程、自信に溢《あふ》れた態度だ。

「でもだって、指輪が………!」

「それならここにある」

イシュマが差し出したのは、胡桃《くるみ》程の大きさの指輪ケースだ。俺の父親は指輪に合わせた指輪ケースも造っている。セラミックに黒儒子《くろじゅす》を張った球形で、細いプラチナが蔓薔薇《つるばら》のように絡まっている。繊細で優美なデザインだ。

「気絶しても、お前はこれが入った鞄から絶対に手を放そうとしなかった。子供の頃も、意外に頑固なところがあったな」

「そっかー……よかったあ」

イシュマの手の平の上で、ケースは大きな飴玉《あめだま》のようにころころと転がる。

俺はほっと胸を撫《な》で下ろす。

「ほんとに良かった。……これがないと、イシュマは花嫁さんと結婚出来ないんだよね」

何だ、慌てることなかったんだ。第一、このケースの中身は——

「どんくさいというか純真というか——お前は相変わらず、疑うことを知らないな」

長い指が指輪ケースを弄《もてあそ》ぶ。

そして、青い瞳の王子様は、支配者の威厳をもって俺に微笑《ほほえ》みかけた。

「お前がこの指輪を身に着ける花嫁だ」

「へ？」

俺はきょとんと瞬《まばた》きしてイシュマの顔を見た。

お前って？　誰か後ろにいるのかと思って振り返る。でも背後にはだだっ広い部屋があるばかりで誰もいない。

お前って、俺のこと？

俺の間抜けなリアクションに、イシュマは心底おかしそうに吹き出した。

「そう、お前だ、小鳥。俺はお前を愛している。十年間ずっと思い続けた。俺が一生傍《そば》においておきたいのはお前だけだ」

「一生傍にって？　……はなよめって？」

「お前は俺の花嫁になる。遠い日本からこの国に招いたのは、俺との婚儀を挙げる為だ。だからこの指輪の運搬もお前に託した。お前の指輪を、お前が手にするのは当然だからな」

「こんぎ？　結婚式のこと？　イシュマ、結婚するんでしょ？　だからこの指輪が要《い》るんでしょう？」

イシュマはやれやれとでも言いたげにゆっくりと体を起こす。覚えの悪いペットにするみたいに、俺の頬を両手で挟み込み、目を覗《のぞ》き込んだ。

「俺はお前と結婚する。お前はこの中に入った指輪を身に着け、結婚の儀で神官たちの祝福を受けるんだ。そうしたら――」

真正面からサファイアの瞳が俺を見つめている。まるで悪い魔法にかかったみたいに、俺はそこから目を逸《そ》らせない。

「お前は一生俺の傍から離れられない」

「おかしいよ、そんなの。だいたい結婚って、俺、男だよ？」

「そんなことは問題じゃない。お前はこんなにも華奢《きゃしゃ》で愛らしい。瞳は大きくてまるで飴玉のようだし、髪も肌も色が淡くて口付けると蕩《とろ》けそうな程だ。お前のこの清らかさには、どんな艶やかな女も敵《かな》わない」

「でも………イシュマは王子様だし……結婚とかそんなこと、勝手に決めちゃダメなんじゃ……」

「俺は王位継承者だ。どこの誰を娶《めと》ろうと誰にも口出しさせない。身分を超えて母上と結婚した父上も、俺が選んだ相手に反対はしないだろう。それともお前には、もう心に決めた誰かがいるのか?」

「そんなの………」

いない。イシュマにはさっきみたいにきいきい反抗して見せたけど、俺は元々引っ込み思案で口下手だ。

日本では友達にからかわれたり過剰に世話を焼かれたりする毎日で、もちろん彼女なんていた試しもない。それは色素が薄くて女の子じみた俺自身の容姿のせいかも知れないけど、子供の頃、傍若無人《ぼうじゃくぶじん》な王子様に散々いじめられて、言いなりにされたせいもあると思う。

「もっとも、いたとしても関係はない。力づくでも忘れさせてみせる」

イシュマは手の平の指輪ケースを開こうと留め金に指をかけるが、すぐに眉《まゆ》を顰《ひそ》めた。

「鍵《かぎ》がかかってるな。確かお前の父親は、イタリアでからくり細工の技術を学んでいたはずだが…その手法か」

見た目は繊細なケースだが、頑強で複雑な鍵がかかっている。任意で定めた数字によって蓋を回転させなければ、決して開かない。金庫のダイヤル錠《じょう》と同じ仕組みだ。無理にこじ開けると、指輪が傷付くこともある。

「父さんが、大切なものだから簡単に開くようじゃ駄目だからって。イシュマにちゃんと手渡すまで開けちゃ駄目だって」

「そうか。では、このケースを開く解錠番号は？　お前は知ってるんだろう？」

「知ってる、けど」

正確には、俺しか知らない。

俺の父親は、指輪とケースを造った後、古いお客に呼ばれてすぐにイギリスに行った。だから指輪ケースに解錠番号を設定して、指輪をしまったのは俺なのだ。この国に到着して、イシュマに会ったらすぐに番号を伝え、ケースを開けて貰《もら》うと同時に出来映えを確認して貰う予定だった。

イシュマの手の上で、指輪ケースはきらきらと光っている。その輝きが怖くて、俺は目を逸らした。

「知ってるけど、言わない。言えないよ、そんなの」

「何故《なぜ》だ？　俺はお前を愛している。お前を花嫁にするにはその指輪が必要だ」

「花嫁とかって、そんな冗談につき合えないからだよっ！　イシュマが何言ってるか……全然分かんない」

「分からなくていい。お前はただ大人しく、俺に愛されていればいい」

確固とした口調でイシュマはそう言い放つ。

傲慢《ごうまん》な口調は子供の頃とまるで変わらない。だけど、十年前とは確実に違う。この王子様は、今や途方もない権力を持っているのだ。

俺なんて簡単に意のままに出来るくらいに。

俺は咄嗟《とっさ》に立ち上がり、転がり落ちるようにベッドから飛び降りた。

出口。この部屋の、扉はどこだろう。だが俺は元々どじでどんくさくて、要領が悪い。肘《ひじ》を摑《つか》まれ、呆気《あっけ》なくベッドの上に引き戻される。

「まったく……弱いくせにいったん我を忘れるとなりふり構わなくなるのは相変わらずだな。取り澄ました大人しかいないこの王宮で、くるくると表情を変えたお前のことを、どれほど懐かしく思ったか知れない」

「はっ、はなして！」

「十年だ。十年、お前に焦がれ続けた。その思いがやっと叶う」

絡み付く腕を夢中で押しやり、体を捩った途端、着ていたシャツの襟首《えりくび》を摑まれた。殴《なぐ》られる、と体を竦《すく》ませたが、違った。薄い布地が一気に引き裂かれてしまったのだ。

「やだ、……っ何す………‼」

逃げようと必死になって叫び、暴れるのに、逞《たくま》しい腕が易々と俺の両手首を捕らえ、シーツの上に組み伏せた。体格も体力もあまりにも違い過ぎる。

「思った通り、お前は肌が綺麗だ。晴れた日に裸でテラスに連れ出して、ずっと眺めていたい」

「はなして、誰か、た――たすけて……っ！」

「誰も助けになど来ない。俺に意見出来るのは、この国で唯一俺の父親である現王だけだ」

「あっ……ゃ……！」

乱暴に足首を摑まれ、ジーンズを脱がされる。死に物狂いで抵抗したけど、あっという間に体を二つに折り畳まれ、おへそも、性器も、全部丸見えにされてしまう。

「……やだやだ、みないで……っ」

イシュマは唇の端に笑みを浮かべ、余裕たっぷりに俺の恥ずかしい場所を見下ろしている。

「あんなに小さかったのに、十年もあればそれなりに育つものだな。では――こちらはどうか」

「やだ、いや……っ」

大きな手の平が俺のお尻を鷲摑《わしづか》みにし、左右に割り開く。体の中で、一番誰にも見られたくない場所。それなのに、イシュマは躊躇《ためら》うことなく、そこを指でさぐり始めた。

「……や……あ、……あっ」

背中を跳ね上げてもがく俺の拒絶など意にも介さない。唾液《だえき》を塗《まぶ》した指の腹で、一本一本

の襞《ひだ》を押し開けるみたいに撫で上げて検分している。

「やめて、やめて、……イシュマ！」

「綺麗なものだ。色が淡くて、少しだけ綻《ほころ》んだ桜の蕾《つぼみ》みたいだ。慎ましやかでなんとも好ましい」

「そんなのいわないで…………‼」

お尻の穴を検査するみたいにいじられて、羞恥《しゅうち》とショックのあまりに俺は抗《あらが》うのも忘れて泣き出してしまう。

子供みたいに泣きじゃくっている俺のお尻を、イシュマはいやらしく撫で回している。

「知ってるだろう？　男同士のセックスだ。お前はここで、俺を受け入れるんだ。それが花嫁の、夜の仕事だ」

指の腹が、潜り込むようにして乾いたそこに押し当てられて、俺はひっと体を竦ませた。

男同士のセックス。友達の下世話な冗談を聞いたことがあるから、俺だってちゃんと知ってる。だけど、それはあまりにも生々しくて、すごく不自然で、自分にはあんまり関係ないことだと思っていたのに。

イシュマは、最初からこんな無茶を俺に突き付けるつもりだったんだろうか。空港で誘拐《ゆうかい》されたことも、全部イシュマが仕組んだことなんだろうか。有無を言わせず、俺から指輪を奪うために？

——きっとそうに違いなかった。

そして、俺を丸裸にして、お尻をいじって、こんなにも怯《おび》えさせているのも、もちろんイシュマの策謀の一環だ。

「解錠番号だ、小鳥」

「…………………っ！」

指輪ケースの解錠番号を言えと、イシュマは傲慢に繰り返した。

イシュマが結婚する為に、あの指輪は絶対に必要になる。この国では、花嫁が指輪を身に着け、神殿で儀式をすることが成婚の条件だからだ。

だからイシュマは、まるで拷問《ごうもん》にかけるみたいにして俺に告白させようとしている。

ケースを開く、解錠番号を。

「これは俺たちの初夜だ。無理をして泣かせるのは俺とて忍びない。ケースの解錠番号さえ言えば、もっと優しくしてやろう」

王子様は、蕩けるような甘い口調で勝手なことを囁きかける。従わなければ、きっと本当に、ひどい目に遭わされる。イシュマが本気を出せば、今すぐ俺の命を奪うことだって出来るのだ。

そう思うのに、本当はすごく怖いのに。俺は涙目でイシュマを睨《にら》み上げた。

「…………わない……！」

こんなの、あんまりだと思う。

俺は、イシュマが言うままに遠い日本からこの国にやって来た。結婚するイシュマに――おめでとうって、ちゃんと言おうと思ったのに。その思いをこんな風に裏切られて、その上言いなりになるなんて絶対嫌だ。

「――解錠番号なんか絶対に言わない！」

「そうか、では仕方がない」

俺の強情を、おかしそうに笑っているイシュマの声には、不思議な哀れみが含まれていた。

「どんな目に遭おうが自業自得だ。俺を恨《うら》むなよ」

「あ…………！」

イシュマは無遠慮に俺に圧《の》し掛かった。無理矢理開かれていた足を、もっともっと広く開けられて。太腿《ふともも》に、熱くて、硬いものが触れる。

その瞬間、体を引き裂く激痛に襲われた。

「いやあ――っ！」

俺は大きく体を仰《の》け反《ぞ》らせて絶叫する。

イシュマが、俺の中に入って来たのだ。まだちゃんと準備をされていない、乾いて締まった場所に、容赦なく、強引に押し入ってくる。

「ひあ、あっ……あ――……」

あまりの圧迫感に、切れ切れに悲鳴が漏《も》れて、見開いた目から涙が零《こぼ》れるのを感じた。

「……なんて締め付けだ。これがお前の純潔の証か」

俺を組み敷き、蹂躙《じゅうりん》するイシュマは、これ以上なく満足そうに呟く。加減も分からずきつくきつくイシュマを咥《くわ》え込んでしまう俺は、ふしだらなイシュマの好みにとても合っていたようだ。

そして、イシュマは容赦なく俺を貪《むさぼ》り始めた。

「う…………ぁ、やぁ——っ」

腰を使い、深く抉《えぐ》るように、何度も何度も突き上げる。乱暴に開かれたばかりで、息も絶え絶えに痙攣《けいれん》している粘膜はイシュマの思うままに擦《こす》り立てられてしまう。

「やあぁ……っ、イタイ……！　や…………っ！」

シーツに爪《つめ》を立てて泣き叫ぶ俺を、イシュマは少し酷薄な目で見下ろしていた。

「馬鹿め。素直に白状すればこんな目に遭わずに済んだものを」

「………っひ……ひ、えー…ん……」

権力者に無抵抗なまま貪り尽くされ、俺はただ、赤ちゃんみたいに泣きじゃくるしかなかった。

「時間はいくらでもある。お前の強情をたっぷり楽しませて貰おう」

綺麗な王子様は悪魔のように笑った。

色とりどりの花弁が流れて来る。

王子専用の湯殿は磨き抜かれた大理石で造られていた。ドーム状になった天井にはモザイク画で夜空と星座が描かれ、それを六本の柱が支えている。周囲は見事な薔薇園だ。

お湯は水路を流れ、ざあざあと豊かな水音を立てて巨大な湯船に注ぎ込む。そこに、惜しげもなくむしりとられた花弁がたゆたっている。

「小鳥様」

お湯の中でぼんやり薔薇園を眺めていた俺は、慌てて振り返った。

水路のすぐ傍に、ナイジェルが立っていた。

白い長衣の上に、緑の蔓草模様が入ったローブ《ミシュラフ》を纏っている。頭布《クーフィーヤ》から零れた金色の髪が天使の光輪みたいに見える。穏やかな碧《みどり》の目が際立つ顔立ちは繊細で、最初は長身の美人、かと思ったら違った。

「ご機嫌が優れないようですね。長旅の疲れが出ましたか？」

ナイジェルはイシュマの側近だ。性別は男。柔和な容姿と二十歳そこそこの年齢とは裏腹に、身分は皇太子府の高級官僚で、執政にも携わっている。将来を嘱望《しょくぼう》される王子の参謀ということらしい。

子供の頃に住んでいたから俺もラハディール語はそこそこ分かるけど、イシュマと同じくナイジェルも日本語で話しかけてくれる。

「イシュマ様がおられなくて退屈なのであれば、何か遊び道具をお部屋に運ばせましょう。ご要望があればどうぞおっしゃって下さい」

お湯の中で俺は俯《うつむ》き、体を竦めていた。湯気の向こうで、ナイジェルは穏やかな微笑を浮かべている。

けれど、碧の瞳は笑っていないことに気付いているから。小心者の俺は何だか怖くて顔を上げることが出来ないのだ。

「王子はあと数時間程で議会から戻られます。ちょうど夕食の時間ですね。王子は大変な美食家でいらっしゃいますから、小鳥様もきっとお気に召しますよ」

「……………食事なんていりません。そんなことより、ここから出して欲しいです」

「ここから？　どうしてでしょうか。何かご不満がありますか？」

さも不思議そうに尋ねるのだ。

イシュマは、大国の皇太子として世界中の視線を集めている。まだ若く、独身で、しかも類《たぐいまれ》稀な美貌《びぼう》の持ち主だ。

やや奔放《ほんぽう》な言動が取り沙汰《ざた》されることもあるようだが、それも革新的な思考を持つ将来の指導者として、国内では絶対的な支持を集めている。

素晴らしい縁談なんていくらでも話があるに違いないのに、その王子様は俺を花嫁にすると言っている。王宮に迎え入れられて、こんな豪華なお風呂に入っている。だけど、それが光栄だ、嬉《うれ》しいなんて思えるはずがない。

「どうしてって……なんで、俺がここに閉じ込められなきゃいけないんですか。ここから出して下さい、日本に帰して下さい」

ほとんど半泣きになりながら、一生懸命訴えた。

この王宮に連れ込まれたのはまだ昨日の話だ。夜に信じられないくらい酷いことをされて、疲れ切った俺が目を覚ましたのは昼下がりだった。

イシュマの姿はすでになかった。正午の礼拝に参加し、その後国王が召集した議会に出席しているのだそうだ。

まだ寝起きで朦朧《もうろう》としている間にバスローブを着せられて、テラスで遅い昼食をとった。それから、この湯殿に連れ出された。王宮から出ることは一切禁止されている。外部との連絡を取ることも許されない。

「家族だってきっと心配してると思う。この国に着いたらすぐに家に電話する予定だったんです」

「それならご心痛には及びません。小鳥様は現在、王宮最奥にある国賓専用の御殿にお招きしているとお伝えしてあります。セキュリティの関係上、しばらくは通信が不可能でございますが、我が国の威信をかけて小鳥様御身《おんみ》の安全を保障し、もてなしさせて頂いているので心配なさらぬようお話し致しました」

俺は絶句した。家族が捜してくれるかもしれないと、一縷の希望を抱いていたのに。

「あなたが強情を張らずに王子のお言葉に従えば、すぐにご家族と連絡をとることができますよ」

その言葉に、希望を感じた俺は目を見開く。

だが、にこやかに俺に笑いかけるナイジェルは、俺が思う以上にワルモノなのかもしれない。

「指輪の解錠番号です。婚儀を挙げる為にはあの指輪が必要です」

事も無げに言われて俺はきゅっと唇を噛《か》む。言える訳ない、そんなこと。

解錠番号を告げれば、俺は神殿に連れて行かれて花嫁にされてしまうのに。本当に馬鹿《ばか》げていると思う。だけど、イシュマは本気だ。そしてイシュマにはそんな常識外れを実現するだけの力がある。こんな風に監禁されれば、嫌でもそれを思い知らされる。

「イシュマにも言ったけど……そんなの言えません。婚儀とか花嫁とかって絶対おかしいです。俺、男なのに」

「確かに我が国では同性愛は禁じられていますが、王子は結婚の儀は極秘裏に行い、婚姻後も花嫁の素性は明かさないと決めておられます」

結婚指輪をわざわざ遠い日本で造らせたのは、イシュマの結婚を公にしない為でもあったのだそうだ。

「もっとも、小鳥様のような愛らしい方を見て、殿方と思う者もそういないでしょうが」

「お、おおきなお世話ですっ。俺の外見のことなんて放っておいて下さい。だいたいイシュマは我儘です。俺は、もうずっと日本で普通に生活してたのに……」

「我儘ではありません。愛する方を永久に傍におきたいという感情は、権力者とて自然なものであると思いますが」

「だってそんな、だって……」

淡々と諭《さと》すナイジェルに、正当な主張をしているはずの俺はだんだん抵抗する気力を失う。

平和な日本に住んでいればこんな風に自己主張する場面なんてそうそうないし、お湯の中とはいえ完全な裸でいるから、余計に惨《みじ》めで心細い気持ちになる。

「まだ、王子とはよくお話をされていないようですね」

髪から水滴を滴《したた》らせながら、湯船の中で小さくなっている俺にナイジェルはバスタオルを開いてみせる。

「私は王子が皇太子になられてから四年間お世話をしていますが、王子はずっと小鳥様のことを思われておられました」

お湯から上がるように促されて、俺はおどおどとかぶりを振る。お姫様じゃないんだから、体くらい自分で拭ける。

だけど、無言でこちらに向けられる碧の目の迫力に負けて、結局俺はふかふかのバスタオルに包まれてしまった。

「王宮に住む王族といえば豪奢《ごうしゃ》で享楽的な生活を送っているものと誤解されるかもしれませんが、一人の子供の住処《すみか》としては決して幸福な場所ではありません。ご兄弟の中で、王子はずば抜けて利発でいらっしゃいましたが、次期国王となる為の教育を受ける過酷さは並大抵のものではありません。小鳥様も、亡くなられた王妃様のご出身のことで、イシュマ様があらぬ誹《そし》りを受けておいでであったことは、ご存知でしょう」

「……それは、……でも……」

「あなたとご一緒に過ごされたご記憶は、王子には唯一甘く優しいものなのかも知れません。そんな王子がお気の毒だとは思われませんか？」

ナイジェルの言葉を聞いて、俺は不安な気持ちになる。

国王の長子として生まれたイシュマだけど、世襲制で簡単に世継ぎになった訳じゃない。国王妃だったお母さんが平民出身だったことから、イシュマが生まれてから数年間、この国の王宮が貴族や政治家たちの陰謀が渦巻いていたことは有名だ。だから正式に皇太子となることが決まるまで、イシュマは王宮から遠ざけられ、俺の家族が住んでいた地方都市で暮らしていたのだ。

王宮に迎え入れられた後も、十四歳で正式な王位継承者となるまでは、庶民の子供には想像もつかない辛苦があったかもしれない。

だったらイシュマを拒絶して、ここから出せ、ケースの解錠番号なんか教えない、なんて言ってる俺は、もしかしたらものすごく酷い奴なんじゃないだろうか。

「小鳥」

バスローブを着た途端、薔薇園を抜けてイシュマが湯殿に入って来た。銃剣を持った五人の衛兵は一礼すると、整然と隊列を成して離れていく。

ナイジェルが素早く頭を下げ、湯殿に厳粛な気配が漂う。

「議会が予定していたより早くに終わったんだ。公爵家の茶会に呼ばれたが、お前の顔を見たくて断って帰って来た」

真っ直ぐにこちらへ近付いて、会いたかった、と全身で語りかけるように俺を抱き締める。

今日は白い頭布で頭を包み、指や耳には煌《きら》びやかな宝石を幾つも着けている。長衣のハイカラーの部位には刺繍《ししゅう》が入り、ローブは金で縁取られている。ラハディールの王族の正装だった。

「少し顔が赤いな。湯に逆上《のぼ》せたか？」

曲げた人差し指で顎を持ち上げられ、空色の瞳が楽しそうに俺の顔を覗き込む。

何の罪悪感もない、ごく自然な振る舞いに、俺は真っ赤になったまま反発することも出来ない。すごく悔しいけど、頭に来るけど……イシュマはやっぱりすごく格好いい。

豪奢な衣装を着こなし、護衛を従え、堂々と振る舞う。昨日、あんなことをされた俺が一瞬抵抗することを忘れて見惚《みと》れてしまうくらい、凛々《りり》しかった。

「俺が用意したドレスを着ているのかと思ったら、まだこんな格好なのか。あれを着たお前と薔薇園を散歩しようと楽しみにしていたのに」

「ドレスをお召しになる前に、準備をしていただかなくてはなりません。薔薇のオイルでお体をマッサージし、肌を整え、それから女官たちにドレスの着付けをさせましょう」

俺はきょとんと瞬きした。

薔薇のオイルでマッサージ？　肌を整えろって？　俺は女の子じゃないのに。

「今度は我が国の乙女の正装を着せてやろう。お前なら、きっとどんな衣装でも似合う。ウエディングドレスを着せるのが今から待ち遠しい」

その浮かれっぷりときたら、俺を抱き上げて、湯船の周りをくるくる回りかねないような勢いだ。

「今日の晩餐《ばんさん》も、お前の為に最上のものを準備させている。ハルザイードからフランス料理のコックを呼び寄せたんだ。たくさん食べるといい。お前は今のままでも華奢で可愛いが、もう少し肉を付けてもいいからな」

そして腰の辺りを撫で回す。俺はぎゃっと叫んで体を仰け反らせたが、イシュマは何を今更、と不思議そうだ。イシュマはもう俺の体なんて、隅々まで知っているんだから。

俺は悔しくて、だんだん腹立たしくなる。夕食なんてどうだっていい。もっと太れなんて大きなお世話だ。

ここから出して欲しいのに。このままイシュマの言いなりになんかなりたくない。

王子様に振り回されるのは、子供の頃だけでたくさんだ。

俺は思い切って、イシュマの手を振り払う。そして、湯殿の片隅に置かれていたナイフに飛び付いた。さっきから目に留めて、機会を窺《うかが》っていたのだ。

その切っ先を、自分の喉《のど》に突き付ける。

「ここから出して！」

それはいつか映画で見たような仕草でいかにも演技っぽいけど、俺は必死だった。

「今すぐ日本に帰して、そうじゃなきゃここで死ぬから！」

だがイシュマもナイジェルも、俺の行動に驚いた様子もない。顔色一つ変えない。

「何をやってるんだ、小鳥。お前にそんな無粋《ぶすい》なものは似合わない」

「ちゃんと聞いてよ、ここから出してくれなきゃ死ぬ！　死ぬって言ったら死ぬんだから！」

俺は慣れない手付きでナイフを握り、じりじり後ずさりする。

「結婚とか、花嫁とかそんなの全然分かんないよ。ウェディングドレスなんて真っ平だから。

「俺は女の子じゃないもん！」

「女の格好をさせたい訳じゃない。可愛いお前に可愛い格好をさせて何が悪い。あの指輪にしてもそうだ。赤い宝石は、お前にさぞ似合うだろう」

「そんなの似合わなくていい！　解錠番号だって絶対教えない！　ここから出してくれないなら、あの指輪はずっとケースから取り出せないからねっ！」

俺は尻尾を踏まれたチワワみたいにきゃんきゃん叫ぶ。イシュマはその騒ぎに憂えたような溜息を吐いて、長い袖に両手を隠した。

「お前は昔、転んで足を派手に擦《す》りむいたことがあっただろう。ナイフで喉を刺せばその何十倍も痛いぞ。血もたくさん出るだろう。それでもいいのか？」

「い、いいもん！　俺、本気だからね！　もう昨日みたいにイシュマの好きにはさせないから！」

それを聞いたナイジェルは苦笑した。イシュマの腹心であるナイジェルは、イシュマの意図はすべて理解している。もちろん俺が昨日イシュマに何をされたのか知っているのだ。

「これほど愛らしく可憐《かれん》な方が、ここまで逆上なさるとは。昨夜は随分な無茶をなさったようですね」

「相当いじめてやったのは確かだが、激昂《げっこう》している様子も愛らしくて、それはそれで俺には好ましい。無力なくせに必死で抵抗する姿が微笑ましいからな」

その様子を思い出したのかくすりと楽し気に笑った。俺はこんなに必死なのに、憎たらしいことにちっとも本気にしていないのだ。

そりゃあ、ナイフで刺したらきっとすごく痛いけど。自分でも刺す勇気がないことも分かってるけど。

イシュマは俺の怯えをとっくに見透かしている様子で、からかうように俺に問いかけた。

「小鳥。そのナイフは古代の遺物だが、どんな目的で使われたか知ってるのか？」

「そんなの知らないけど、でもこれで喉突いたら絶対死ぬんだからっ！」

「それはそうだろうな。もともと、人を殺《あや》める為に使われたものだ」

思いも寄らないその言葉に、俺は、えっと目を見開く。

「そのナイフは我が国にまだ古い信仰が残っていた時代、神を称える儀式で使われた。生贄《いけにえ》の奴隷《どれい》の腹を捌《さば》き、まず心臓や肝臓を取り出した。それから眼球と脳だ。お前が今持っているのはその時に使われたナイフだ」

「え、えええっ⁉」

俺は思わず刃先を見た。鋭い切っ先は、鈍く不気味に光り輝いている。

けれどその途端に、腕を伸ばしたイシュマに呆気なくナイフを奪われてしまった。

「あっ！」

「馬鹿め、そんな骨董品をわざわざこの湿度の高い場所におくものか」

目を見開いたまま突っ立っている俺を呆れたように笑って、ナイフを湯船に投げ捨てる。ぽちゃんと小さな水しぶきが立った。

「あれは周囲の薔薇を摘む時に使うナイフだ。薔薇の茎は堅いから、頑丈な造りになってる」

俺はぽかんとイシュマの顔を見て、それから真っ赤になった。イシュマの嘘と、それにいとも簡単に騙《だま》された自分に気付いたからだ。

「う、うそついたっ」

「騙されるお前が間抜けなんだ。来い、下手な演技で俺を騙そうとしたお仕置きだ」

居丈高に言い放つイシュマに腰を取られ、軽々と肩に担《かつ》ぎ上げられる。

「はなせはなせ、ばかあっ！」

「王子、あまり無理をなさらないように。また嫌われてしまいますよ」

「分かっている。だが罰は苦痛を与えるものばかりとは限らないだろう」

イシュマは軽やかに答え、優雅に薔薇園を歩きながら、ぎゃあぎゃあ暴れる俺を居室へ連れ帰った。

「まったく、お前といると退屈しないな。気弱なくせにやることばかりは大胆で、何をしでかすか見当もつかない」

俺はぽいと絨毯《じゅうたん》の上に放り投げられる。勢い余って床で頭を打った。

「いったー…頭うった」

連れ込まれたのは、イシュマの寝室と隣り合うサンルームだ。

外に面するすべてがガラス張りで、咲き乱れる薔薇を一望出来る。

「お前がつまらない強情を張るからだ。素直に俺の言うことを聞いていればいいものを。いったいこの十年どんな風に育ったのか見てみたい」

どんなも何も、普通の生活だ。

家族は祖父と父。小学校から高校までずっと公立学校に通って、時々ぬけてるって言われるけど、仲のいい友達だっているし、成績もそこそこだ。

ちょっと変わってるのは、父親が世界的な職人で、工房や海外にいることが多いから滅多に会わないことだ。ラハディールで過ごした時期を完全に過去へ押しやる、当たり前の普通の生活だ。

「どうせその普通の生活とやらを送る間に、俺のことなど忘れてしまっていたんだろう。そんな薄情なお前にどんな無体をしようとも責められる謂《いわ》れはない」

「な、何でそんな話になるんだよっ」

すねたように言われて、俺は抗議した。

十年前、イシュマは突然俺の前から姿を消した。お別れの言葉もなかった。王子様の連絡先なんて庶民におおいそれと分かる訳がないし、俺もそれからすぐに日本に帰ってしまった。

「昨日の再会にしても、会いたかったと泣いてみせればまだ可愛げがあるものを、お前は人の顔を見るなりいきなりきいきい怒り出したな」

「泣く訳ないじゃないか！　俺は別にイシュマになんか会いたくなかった！　この国には指輪を運ぶように言われたから来ただけなんだからっ！」

必死になって叫んでみた。

だいたい、いきなり連れ去られて、目を覚ましたら知らない部屋で、傍にイシュマがいてびっくりするばかりだった。泣く暇なんてある訳ない。

「イシュマなんか我儘で、自分勝手ばっかり！　子供の頃と全然変わってない、イシュマなんて——大っ嫌いだ！」

何とか反撃したくて、その言葉を口走ったことを、俺は瞬時に後悔した。四つん這《ば》いで絨毯に転がっている俺の目の前に立つ、イシュマの瞳。俺を見下ろす青い瞳が、ひんやりと冷えたからだ。

怒らせた。

国中の賞賛と愛情を一身に受けるイシュマにとって、嫌いなんて否定語は完璧に禁句なんだ。

さんさんと日光が降り注ぐサンルームの空気が、急激に温度を下げる。イシュマは乱暴な仕草で頭布を取り、一歩俺に近付く。からかって懐柔するのではなく、直截的《ちょくせつてき》に俺を追い詰める。

「ひどい目に遭いたくなければ、これを俺の目の前で開けて見せろ。今すぐだ」

イシュマがテーブルの上の飾り台から取り上げたのは、あの指輪ケースだった。指輪を中に納めたまま、俺だけが知っている数字で封印されたそのケースを、イシュマは今すぐ開けと迫って来る。

「こっ、こないでっ!」

「まだ分かっていないようだな。お前は俺のものだ。俺の言葉にはすべて従え」

「そんなの絶対にやだっ! 俺はものじゃないもん、イシュマの言いなりになんかならないもん!」

「ならば体に分からせるまでだ」

ガラス越しの日差しの中で、イシュマが俺を組み敷く。力強い腕に押さえ込まれ、バスローブが乱暴にはだけられれば、昨日、自分が何をされたか嫌でも思い出してしまう。

「や! やだ! あんなのもうしないっ」

痛みの記憶におののいて、俺は何とか逃げ出そうともがく。

だけど、イシュマは片手で俺の両手首を捕らえると、反抗の罰《ばつ》を与えるみたいに右の乳首を摘《つま》み上げた。

「いたっ、イタイ……！」

こりこりと捩られて、すぐに泣き言を言う俺に、意地の悪い笑顔を見せる。

「昨日は、あまりあちこちいじってはやらなかったからな。今日はじっくり、お前を味わうことにしよう」

「やっ、ん――」

小さな突起を、どんなにひどい方法でいじめられるのかと思ったら――イシュマはそれを、唇で柔らかく挟み込んだ。

「や……あ、あっ……あ……」

無理に尖《とが》らせられた先端を、ちらちらと舌先でくすぐられる。もう片方の乳首もすぐに捕らえられて、指の腹でじっくりと転がされてしまう。

俺にはそんなところをそんな風にいじられる意味が分からない。それなのにどうしてか、軽く歯を立てられるたびに、細くて甘い感覚が全身を走り抜けていく。

「……ん、ん……ぁ……っ、ダメ……」

「他愛ないものだな。こんなに小さいのに硬くなって――薔薇の種みたいだ」

つ、とからかうように舌先で突《つつ》かれた。

小さな器官の変化を如実に語られて、俺は泣きたいくらい恥ずかしくなってしまう。

「も、やだ……もおやだってば……っ」

「恥ずかしがることはない。お前は皮膚が薄いから、ここも感じやすいんだ」

気持ちいいんだろう？　と囁かれて、必死になってかぶりを振った。

「……きもちよく、なんか…っ」

「そうか。では、これは？」

「——あぁっ」

太腿に纏わり付いていたバスローブをまくり上げられて、俺は驚愕《きょうがく》と狼狽《ろうばい》に体を竦ませた。

そんなはずないのに。乳首を変な風にいじられただけ。それなのに、どうしてか俺の性器は上向いてしまっているのだ。少しだけ皮をまくり上げて、先端には潤《うるお》いを溜め始めてさえいる。

「ちがう、ちがう……みないで……！」

何とかそこを隠そうと、俺は半泣きになって腰を捩らせた。

けれど苦もなく獲物を篭絡《ろうらく》した王子様はどこまでも意地悪で、指先で透明な雫《しずく》をすくい取ると、それを見せ付けるように俺の鼻先に近付ける。

「……や！」

「何が違う？　先端が、もうこんなに濡れているのに」

悪戯《いたずら》な指が性器に絡み付く。糸を引いて滴り落ちる先走りを、長い部分に塗り広げるみたいに上下に扱《しご》かれてしまう。

直接的な愛撫《あいぶ》に怯えて、俺はパニック状態でイシュマの肩に手を突っ張るのに、イシュマは巧みに俺の抵抗を封じて意のままにする。

「や、だ…………あ——……っ」

薄い皮膚が丁寧にずり下げられて、先端を完全に露出させられてしまった。そこを濡れた指の腹で撫で回されると、腰が壊れたおもちゃみたいにがくがくと跳ね上がった。

「や……………あぁ……っ、あ、ああん………」

「そのまま感じていろ。泣き顔も可愛いが、身悶《みもだ》えして溺《おぼ》れる顔をもっと見てみたい」

熱っぽいまなざしでこちらを見下ろしていたイシュマは、不意に俺の膝に手をかけて大きく足を開かせた。内股の一点を指で辿《たど》る。

「………あ」

「花びらだ。こんなところまで忍び込んでる」

湯船に浮かんでいた薔薇の花びらが、まだ肌の上に残っていたらしい。柔らかい足の付け根をそっとなぞり上げられて、愛撫の照準がどんどん「そこ」に近付いていることに嫌でも気付かされる。

「………まって、まってイシュマ…っ」

昨日、あんなにつらかった、男同士のセックスを思い出す。気絶するくらい痛かった。あんなこと、もうしたくない。

けれど、乳首も、太腿も首筋も、イシュマが触れた場所は全部、魔法にかかったみたいに敏感になっている。性器だってもの欲しそうに蜜《みつ》を零している。

従順な体に対して心だけが取り残されて、だから俺はみっともなくイシュマに哀願するしかない。

「しないで…昨日、いたかった……痛かったから、こわいよ………っ」

「馬鹿だな。あれは、お前が可愛くないことばかり言うからだ」

汗ばんだ俺の胸元に唇を這わせるイシュマは、罰としてわざと痛くしたのだと言った。そうして、俺に自分の足を抱えるよう命じる。痛い思いをしたくなければと唆され、俺はぽろぽろ涙を零しながらそれに従う。

性器を丸出しにして、お尻を上向けて。

逃げたいのに、逃げられない。

「そう……とてもかわいい格好だ」

イシュマは俺の太腿を押し開き、露《あらわ》になった窄《すぼ》まりを覗き込んだ。昨日、イシュマを受け入れ、散々嬲《なぶ》られた場所は、まだぽってりと熱を持っている。

「……う…、ひっく………」

何をされるのかと、恐ろしくて食いしばった口元から嗚咽《おえつ》が漏れた。

唾液で濡らした指先でそっと押し開かれ、充血した内側を露にされて――

信じ難いことにイシュマはそこに口付けた。

「やだあ――ッ！」

思いも寄らない愛撫に、一瞬で恐慌に陥った俺は、絶叫して身を捩る。

「ダメ、ダメっ………そんなの、やだ――」

「小鳥、いい子だ。暴れずにじっとしていろ」

イシュマは俺の抵抗を許さず、がっちりと腰を押さえ込み、たっぷり唾液を絡ませた舌先で丸い淡いピンクの輪を辿った。

「駄目、おねが…っ、そこ、きたない………！」

そんなところを舌で舐《な》められる羞恥よりも、ずっともっと、深い罪悪感に囚《とら》われていた。

こんな、いやらしくて汚いこと、イシュマにさせちゃいけない。

イシュマは、この国の王子様なのに。

こんなに綺麗で賢くて、すごく、すごく、高貴な大切な人なのに。こんなことしちゃ絶対だめだ。

「汚い訳がないだろう。お前の体だ」

「あ、………ふ…………っ」

「それにまだ、湯殿の花の香りがする」

硬く窄まったその蕾は指の腹で丁寧に寛《ひろ》げられ、舌の広い面を使ってたっぷりと舐め上げられる。温く柔らかな感触に俺はきゅうっと眉を寄せるけど、イシュマはもっともっと深く俺を暴く。

「や……あぁ……んっ！　やっ……」

唾液の潤いを借りて、イシュマの真っ直ぐで長い指がゆっくりと差し入れられた。それはすぐに、ゆらゆらと前後に動き始める。

「あ、っあん……イヤ……、中、……こすらないで……っ」

すでに二本入っていた指が、内部でく、と開かれた。

そこは散々舐められて、濡れそぼって、イシュマを悦ばせる為の場所に変わっている。その変化が恐ろしくて、許してと懇願しているのに、イシュマは俺を絶対に解放しない。

「さあ……可愛いお前に、たっぷりと楽しませて貰おうか」

足をこれ以上なく大きく開かれて、火傷《やけど》しそうな熱がそこにあてがわれた。

俺を弄びながら、イシュマは自分の衣装を脱いだ。細身だが綺麗に筋肉が付いた体の中央で、俺を欲しがっているそれは、すっかり屹立《きつりつ》している。

「お願い、やだ…っ、やだあ……！」

「力を抜け。痛いのは嫌なんだろう?」

くちゅ、くちゅと、濡れた先端を俺の入口と擦り合わせる。潤いをたっぷりと塗り広げて、イシュマの熱を俺に移して——

「あ、あぁあっ！」

粘膜をめくり上げる勢いで、イシュマを咥え込まされる。痙攣しながら衝撃に耐える俺に、イシュマは熱っぽく囁きかけた。

「…………熱いな、お前の中は」

イシュマはまだ動かない。浅い呼吸のたびに、苦しげに蠢《うごめ》く俺の内部をじっくりと味わっている。

「あ、やぁ、………あ、あ——………っ」

乳首を甘噛みされ、体から力が抜けたその一瞬の隙に、イシュマは最奥まで俺を犯した。そうして、力強く突き上げて来る。

「やだあ……！　うごかないで…っ」

腰をがっちりと摑まれ、抽挿の衝撃が真っ直ぐに脳天に伝わる。何とか逃げようともがいて、だけど俺は不意に目を見開く。

「あ………？」

ぴくん、と高く掲げられた足の小指が跳ねた。細い快感が、まるで電流のように駆け抜けたのだ。

「あ、あ――……ぁ……っ」

俺はうろたえて、慌てて唇を押さえる。指の隙間から、それでも小さな声が漏れてしまう。それは弱々しく尾を引き、さっきの拒絶を訴える声とはまったく違っている。

「……や、…変………っへん、こんな…………っ」

「変じゃない」

俺自身より、俺の体の変化を悟ってる。俺を抱く男が、欲情して擦れた声で囁く。

「お前の一番いいところが、俺の先端に当たってる。角度がちょうど合うんだろう。俺の為に用意された体みたいだ」

そう言って蕩けた内壁を引きずる感触を楽しむみたいに、ゆっくりと深く、大きく腰を使う。俺の、一番気持ちがいいところ。イシュマはわざとそこを狙って突き上げている。

「あっ、あぁ……っ、やあぁ…っん……！」

あまりにも気持ち良くて、甘えたような、いやらしい声を止めることが出来ない。無理矢理開かれて、真っ赤に充血していた粘膜は、さらに擦られて、かき回されて、どろどろにされてしまう。

だんだん、訳が分からなくなってくる。

「気持ちいいか？」

「………いや、いや………っ」

聞かないで、と俺は顔を真っ赤にしてかぶりを振った。

唇も、乳首も――性器も、もう濡れてとろとろになってる。自分で自分を制御出来ないでいる、こんな姿を見られるのは居たたまれなくて、すごく恥ずかしい。

それなのに、ん？　と甘く促されて、俺は噛み締めていた小指から唇を外した。

「きもちいい……」

俺は夢中でイシュマの逞しい背中に両足を回した。そうすると、結合がうんと深くなるのだ。

「あ……いい…っ、気持ちいい…………！」

「……そうか」

貪欲でふしだらなことが大好きな王子様は、快楽に従順になった俺の有様に殊更《ことさら》満足そうだ。それなのに、不意に突き上げていた動きを止めてしまう。

「……あ？　あ……」

突然放り出された心許なさに、俺は縋《すが》るようにイシュマにしがみ付く。

「やだ……やめないで、もっと、もっと……っ」

みっともなく自分で腰を振って、イシュマに続きを請う。

欲しくて欲しくて、時々焦《じ》れたお尻がふるふる震えて、繋がった部分から滴り落ちた雫が絨毯に恥ずかしいしみを作ってしまう。

それでも、イシュマは動いてくれない。

「小鳥」

「や、ア、ぁう…………」

「目を開けてみろ」

言われるままに、恐る恐る目を開ける。俺の目の前に、指輪ケースがあった。

「……いやぁ……っ」

「何が聞きたいか分かるな？」

まどろみからいきなり現実に引き戻される不快感に、俺は頭を振っていやいやする。それなのに、イシュマは甘く、執拗《しつよう》に俺を責め立てる。

「解錠番号を言うんだ。そうすれば――」

次の快楽を待って、はあはあと喘《あえ》ぎ体を震わせている俺の瞳を覗き込む。

「もっと好《よ》くしてやろう。お前が泣き出して許しを請うまで何度でもいかせてやる」

その誘惑に負けてしまいそうだった。

相手はこんなに綺麗で、凄まじい権力を持っている王子様なんだから。屈したって恥ずかしくない。

だけど、一方で絶対に負けたくないと思う。

俺がもしもここで簡単に挫《くじ》けてしまったら、十年前、あんなに泣いた子供の俺の気持ちはいったい誰が顧みてくれるんだろう？

だけど、まともにものが考えられたのはそこまでだった。

「……んっ、ああ……っ！」

たった数拍、放置されていただけで、俺の理性は完全に蒸発してしまっていた。

イシュマを咥え込んだままの真っ赤に溶けた肉が、ひくひく蠕動《ぜんどう》する感覚ばかりが明瞭で、もう、イシュマの声もよく聞こえない。

「……小鳥？」

「あぁあんっ、あっ、あ――……っ！」

足をイシュマの体に絡み付けて、不器用に腰を振った。イシュマが動いてくれないから、自分で腰を使うしかない。

体の一番奥の、一番気持ちいい場所。そこに、イシュマの先端が当たるように夢中でお尻を振る。

「……う、あぁ……っ、ひ、あん……っ！」

頬を紅潮させて、すっかり我を失ってエッチに没頭している俺に、イシュマは苦笑したようだ。

こんなに溺れているんじゃ、イシュマが聞きたいこともきちんと聞き出せない。

「ん……あっん……、いい……、……きもち、い……っ」

「………可愛いな、小鳥」

ちゅ、と汗ばんだおでこにご褒美みたいなキスをくれる。

「あああぁっ！」

いっそう深く貫かれて、ずうんと全身が痺れた。熱い体を持て余してた俺は、そんなに強い衝撃に耐えることが出来ない。

「だめ、も………、い……っちゃ、ぅ………」

とくん、と甘い衝撃があって、お腹が温い飛沫《しぶき》で濡れる。呼吸が乱れて激しく痙攣する俺の体を、イシュマは強く、強く抱き締める。

「……最高だ、小鳥」

恍惚《こうこつ》とした囁きが聞こえる。体の一番奥で、イシュマが極まるのを感じた。


俺は高い塔の一番上にある小窓から顔を覗かせた。城壁のずっと向こうに、砂漠が広がっているのが見える。

イシュマの寝室を出て長い廊下を歩くと、皇太子の居住区の一番果てにあるこの塔に辿り着いた。

真下は石畳の中庭だ。ここを下りて、どこかに潜り込めば、少なくともイシュマの手中からは逃げ出すことが出来るだろう。

「でも高過ぎるよなあ。シーツを裂いて、ロープを作って下りるしかないかな」

それで壁を伝い下りる…なんてそんな、映画みたいに上手くいく訳ない。俺は溜息をつく。情けないけど運動神経に自信がない。

何とかして、この王宮から逃げ出したいのだ。それでこの塔に登ってみた。だけど、上から見ると王宮はあまりに広大で、しかも迷路みたいに入り組んでいる。逃げるなんて到底無理だ。

いったいどうしたらいいんだろう?

窓から身を乗り出すと、風が着ている衣装の袖を揺らした。群青《ぐんじょう》の絹糸で織られたとても贅沢《ぜいたく》な長衣で、裾《すそ》に銀色で蝶《ちょう》の刺繍がされている。イシュマが俺の為に選んだものらしかった。

イシュマはここ数日とても忙しそうだ。

今日は外国の軍務大臣が王宮に来ているとかで、軍服を着て出迎えのレセプションに参加している。六ヶ国語を難なく操るイシュマは、十八歳という年齢にもかかわらず、外交の場面で重要な役割が与えられている。

若くして、すでに王国の主要人物。国王からの信頼も篤《あつ》く、国民からの支持も高い。世界中の美女から渇仰され、見合い話は後を絶たない。大変な立場にある人なのに、それなのに、夜には俺の足の間に顔を埋《うず》めたり、もっと際どい場所にまで舌を伸ばしたりする。

俺のことが好きだと、何度もキスする。

途端に体がかあっと熱くなった。

イシュマの声、指…舌や唇。その感触を思い出しただけで、体が甘く疼《うず》いてしまう。

このままじゃ駄目だ。絶対駄目だ。

イシュマとエッチし続けて、頭がとろとろになって、自制心を失ってしまう。ケースの解錠番号を俺はいずれ告白してしまう。そうしたら——花嫁にされた上、ケースの中に隠した俺の秘密も、イシュマにばれてしまう。

解錠番号は、実はほんの四桁の数字だ。セキュリティ上はもっと複雑な方がいいんだけど、どうしてもその番号にしたかったから。

その番号じゃなきゃ嫌だったから。

溜息をついて、窓から乗り出していた体を起こそうとしたその時、踏ん張っていた足が大理石の床を滑った。

「ひゃ！」

ぐるりと視界が回転して、次の瞬間には俺は窓から転がり出ていた。咄嗟に窓枠にしがみ付き、足をばたつかせる。

「ぎゃーっ！　た、助けてー！」

衛兵や女官たちが俺の悲鳴を聞き付けて、足下にはあっという間に人だかりが出来る。早く梯子《はしご》かマットを運べ、上から引っ張り上げろと大騒ぎしている。落ちたら石畳に体を叩き付けられて、大怪我《おおけが》してしまう。

「う、うー……」

助けて。湯殿では自分でナイフを喉に当てたけど、やっぱり死ぬ覚悟なんてなかった。こんな風に死ぬなんて絶対嫌だ。

「そのままだ！　暴れるな、小鳥！」

イシュマの声が中庭に凛《りん》と響いた。恐る恐る下を見ると、軍服姿のイシュマが回廊を抜けてこちらに近付いてくるところだった。その背後にナイジェルの姿も見える。

突然王子が現れて、衛兵や女官たちは地面に跪《ひざまず》いて深々と拝礼する。

「イ、イシュマ……！　助けてっ！」

ずっと拒絶していた相手に恥も外聞もなく助けを求める。足の間がすうすうして、体重を支えている腕が痙攣する。今にも空に放り出されてしまいそうだ。

イシュマは俺の窮状を瞬時に、正確に把握したらしい。もしかしたら、まだ俺にはしばらく窓枠からぶら下がっている余力があると判断したのかもしれない。ふと、唇の端だけで微笑した。

「助けてやってもいいが、条件がある」

「な……な、なに……⁉」

「指輪ケースの解錠番号だ。いい加減告白してもいい頃だろう」

王子様のあまりに酷薄な言葉に、俺はしばらく呆気にとられてしまう。

俺は、またじたばたと足をばたつかせて抗議した。

「ひどい、そんなのひどいよっ、言ったら花嫁にするとかヘンなこと企んでるくせに！」

だが、俺が高い場所からどんなに叫んで見せても、イシュマは何の痛痒《つうよう》も感じていないらしい。

腕を組み、空を仰ぐと、意地悪く俺に答えた。

「早く白状した方がいいんじゃないか？　下から見ると、なかなか刺激的な眺めだが。お前の真っ白な尻が丸見えだ」

この国の慣習で、俺は長衣の下に下着を着けていなかったのだ。

「や、ばっ、馬鹿‼」

「早く言わないと、皆が見てるぞ。俺に愛された場所を見せびらかしたいならそれでも構わないが」

「そんなんじゃないっ！　でもやだもん！　もうやだもん、イシュマの言いなりにはならないーっ！」

ぎゃーっ！　と怒鳴ってやる。窓からぶら下がって足をじたばたさせて、かなり情けない有様だが、そんなこと構っていられない。

　助けて欲しいけど、本当に今すぐ落っこちてしまいそうだけど、やっぱりここでイシュマに降参したくない。

　いつまでも強情な俺に、イシュマはやれやれと溜息をついた。さすがにこの状況で、これ以上俺を追及するのは諦めてくれたらしい。

「マットが来るにはまだ時間がかかる。そのままじゃつらいだろう、窓枠から手を放せ」

「……ダメ、だよそんなの…」

　受け止めてやるから、と腕を差し伸べるイシュマに、俺は目を見開いた。窓枠にしがみ付いたままぶんぶん首を振る。

「危ないから。イシュマが、怪我するかもしれないから……そんなの絶対ダメ」

　イシュマを、危険な目に遭わせたくない。俺は体が大きい方じゃないけど、それでもこの高さから落ちれば受け止める側にはかなりの衝撃だろう。下手をすれば、イシュマに怪我をさせてしまう。

　躊躇う俺に、だけどイシュマはきっぱりと言い放った。

「構わん。何があっても、絶対に受け止めてやる。お前には絶対に怪我などさせない」

　その時不意に、突風が吹いた。あ、と思う間もなく、手が窓枠から滑る。地上から、女官たちが甲高い悲鳴を上げるのが聞こえた。

頭の中が真っ白になって、次の瞬間激しい衝撃があった。俺は石畳の上を転がる。

「いたた……」

周囲の女官や衛兵たちは、慌てた様子で俺の周りに集まる。俺の傍にはイシュマが倒れていた。イシュマが落ちて来た俺を抱き止めてくれたのだ。

「……イシュマ……！」

イシュマは仰向けに倒れたまま動かない。黒い軍服が不吉に思えるくらい、ぴくりともしない。

血の気が引いて、俺は慌てて飛び起きた。夢中でイシュマに縋り付く。

「イシュマ、イシュマ…！　やだ、死なないで、………死んじゃやだっ！」

「いけません、小鳥様」

俺はイシュマの肩をぐらぐら揺さぶって、ナイジェルに止められる。倒れた拍子に石畳で頭を打ったなら、揺さぶっちゃいけないんだとやっと気付く。

どうしよう。イシュマがこのまま目を覚まさなかったらどうしよう。

イシュマが死んじゃったら。そう思うと、絶望的な気持ちに涙が零れる。しかしその時、イシュマがぱちりと目を開いた。

「イシュマ、イシュマ……！」

俺はしゃくり上げ、涙を拭くのも忘れて必死でイシュマに抱き付いた。イシュマに反発し続けていたことさえ、もう頭になかった。

石畳で擦《す》り剝《む》いたのか、頰から血が出てる。

「どうしよう、どうしよう…イシュマ、怪我、血が出てる」

「お前が俺を心配して泣くとは思わなかったな」

イシュマは本気で驚いたみたいな顔をして、俺に向かって腕を差し伸べる。俺に怪我がないことを確認して、良かった、と呟いた。

「所用があって式典を抜け出したら、お前が窓からぶら下がっているのが見えたんだ。お前が怪我をしないで本当に良かった」

「……ごめん、ごめんね……、痛いよね、怪我させてごめんなさい」

「謝罪は今夜ベッドの中でしてくれ。昨日、あれだけ交わしてもまだ足りない」

とんでもない一言で俺を真っ赤にさせておいて、イシュマは立ち上がった。俺に罪悪感を抱《いだ》かせない軽やかな挙動だった。

どこにも異常はないらしく、俺はほっと胸を撫で下ろす。傍に控えていたナイジェルは、地面に膝を突くと恭《うやうや》しくイシュマを促した。

「王子、お急ぎ下さい。式典はまだ途中です」

「今行く。小鳥、一応医師の手当てを受けろ。もう無茶はするなよ」

俺の頬に一瞬触れて、王子様は鮮やかに笑う。そして颯爽《さっそう》と騒ぎの現場から立ち去った。

「ご自分が何をしたかは、お分かりですね」

ナイジェルは厳《おごそ》かにそう言った。

「王子の言いなりにならないと意固地になられるのは結構ですが、あんな無茶をして、万一のことがあったらどうなさるおつもりだったんですか？」

「……ごめんなさい」

俺はサンルームのソファの端に座ってぽろぽろ涙を零していた。王宮から逃げ出そうとして、無茶をしたことをナイジェルに叱られているのだ。

「ごめん、ごめんなさい…反省してます」

「仕方がありません。今回は、特別に許して差し上げましょう、ただし」

もっと追及されるのかと思ったら、意外にもナイジェルはあっさりと俺を許した。だけど、もちろんそれで終わりじゃない。

「反省しているなら、私に指輪ケースの解錠番号を教えて下さいますね」

「……それとこれとは話が別です」

それを問われることは半分予想していたので、俺は上目遣いのまま、おどおどと拒絶した。

ナイジェルが苦笑する。

「愛らしいばかりかと思ったが、なかなか強情な方だ。これではイシュマ様が夢中になるのも無理はない」

この王宮では国王以外の誰もがイシュマの言いなりになるのだから、むきになって反抗してみせる俺は確かに格好のおもちゃなのかもしれないけど。

午後のお茶がワゴンで運ばれ、ナイジェルはそれを俺に勧める。色の淡いお茶が入った北欧風のティーカップには、花びらが一枚浮かんでいる。熱砂に囲まれたこの国だが、王様が大変な茶道楽で、毎日色んなお茶が用意される。

「どうぞ。お気持ちが落ち着きますよ」

「ありがとう……」

飲んでみると、ほっと溜息が出た。少し甘ったるくて、何だか気持ちが緩む。

「おいしい」

「そうですか。それは良かった」

俺の傍らに立つナイジェルは、緩やかに微笑んでいる。やや乱暴で、放埒《ほうらつ》な王子様を上手に支える、冷静で忠実な臣下。頭巾に慎ましく隠された金色の髪に、肌は冴え冴えと白い。

ちょっとおっかないと思うけど、イシュマと並んで立っていると、まるでそこだけ光が差したように眩しく見える。

「ただでさえ恨まれる立場です。不味《まず》いものを飲ませるのは忍びない」

え？　と顔を上げると、ナイジェルの輪郭が不意にぶれる。一瞬足元から強風が吹き上がるような錯覚に捕らわれる。

持っていたカップが手の平から滑り落ち、テーブルにぶつかって砕け散る。その音が、どうしてか酷く間遠だ。

「あ、あ……」

平衡感覚が完全になくなって、真っ直ぐ座っていることも出来ない。俺は咄嗟にソファの背もたれに手を突いて、自分を落ち着かせようと浅く呼吸する。

どうして？　いったい、何が起こったんだろう？

「大丈夫ですか？　意識はありますね」

俺の様子が急変したことは明らかなのに、ナイジェルは平然としている。

上半身をほとんどソファに倒れ込ませた俺に、ナイジェルはテーブルの上の花瓶を示した。そこには一束の花が生けられている。カサブランカに似た、艶やかで真っ白な花だ。

「アヴァリスタ。我が国の国花にあたります」

「……何……は、な……？」

「この花の蜜に特殊な薬剤を加えると、今のあなたのような状態になる。古くから拷問時に自白剤として用いられましたが、私が軍隊に所属していた時に正式に薬品として開発されました」

ナイジェルが、俺に何かを飲ませた。それだけははっきり分かる。だが、体が溶けたようにだるくて、熱くて、指一本上げることが出来ないのだ。

ナイジェルは柔和な容姿とは裏腹に、易々と俺を抱き上げて寝室に入る。ベッドに横たえられたところで、イシュマが帰って来た。

「……小鳥⁉」

ぐったりとしたまま虚ろに空を眺めている俺に、イシュマは目を見開いて驚いている。片膝を着き、ベッドの上の俺の様子を窺う。

「……ん、………あつ、ぃ……っ」

手首を摑まれたが、それは力なく、だらりと垂れ下がるばかりだ。人形みたいな俺の反応に、イシュマは息を飲む。ナイジェルが俺に何をしたのか、全く知らないようだった。

「何をした？　薬か？」

「自白剤です。アヴァリスタの花茶を飲んでいただきました。何の免疫もない方ですから、放置していても音を上げるまで時間はかからないでしょう」

「何故そんな無茶を……！」

イシュマは声を荒げ、ナイジェルを真っ直ぐに睨んだ。怒りを孕《はら》んだイシュマの視線を受

けて、だが、ナイジェルは落ち着き払っている。

「それは、あなたが王位継承者だからです、イシュマ様」

イシュマは立ち上がり、真正面からナイジェルを見据える。沈黙は次の意見を口にすることを許している。ナイジェルは深々と頭布に包まれた頭を下げた。

「この王宮で、あなたは国王に次ぐ権力者です。たとえ、このような可憐な容姿の方とて反逆は許されません。王や王子は絶対的な存在でなければならない」

碧の瞳は硬度の高いエメラルドのようだ。

まるで揺らめかず、何の迷いもない。

「もっと早く、もっと強引な方法を取られても構いはしなかったでしょう。あのルビーの指輪は皇太子のご成婚にはなくてはならないものです。内密に造らせたとはいえ、未だケースから取り出されないまま持ち主も確定していないことが露見すれば、必ず良からぬ策略を企てる者が現れます」

ナイジェルの言葉は今の俺にはとても難解で、すぐには理解出来ない。何にも集中出来ない。服の下で高まった熱が、肌に纏わりついてる。見えない誰かの手で撫で回されているみたいだ。

「小鳥様の強情を楽しまれるのは結構ですが、王子のご身分が危機に晒《さら》されるのを放置することは私には出来ません。たとえ相手が花嫁であったとしても、反逆者は許すべきではない」

「だから小鳥に薬を盛ったのか？　俺に服従させる為に？」

「私は常に、王子の思し召《おぼめ》しのままに。命に代えてでも王子のお望みを叶えることが私の使命です」

「……怖いな、お前は」

イシュマ自身よりも遙かに、皇太子の地位に誇りを抱いているのはナイジェルなのかもしれない。

ナイジェルはイシュマが王宮に入って、皇太子になる過程をすべて見ている。きっとイシュマに深い愛情を抱いているんだろう。善悪の基準が、イシュマの地位を守ることにある。だから平気なんだ。イシュマが「花嫁」にしようとしている俺に毒を飲ませることにも、一切罪悪感がない。

「さあどうぞ。いま小鳥様に解錠番号を問えば、必ず教えて下さいますよ。指輪をケースから取り出すことが出来れば、あとは婚儀を挙げるのみ。イシュマ様のお望みが叶います」

「………あ、………ぁ………っ」

俺は擦れた声を上げる。さっきまでとは違う、異常な感覚に気付いたからだ。体の熱はどんどん高まり――どうしてか真っ直ぐに、下半身に集まっている。

「理性を麻痺させて、自制心を失わせる自白剤には強い催淫《さいいん》効果があります。おつらいでしょうが少々堪《こら》えて下さい」

ナイジェルが言ってることを、俺は完璧に体感していた。体が暴走してる。熱くて、早くその場所に触って欲しくて、じっと足を閉じていられない。

「……イシュマ、イシュマ………っ」

はあはあと喘ぎながら、俺はほとんど無意識に、イシュマにしがみ付いた。助けて欲しい。熱くて熱くて、どうにかなってしまいそうだ。

「イシュマ、お願い……あつい………！」

堪え切れずに子供みたいに泣きじゃくってしまう俺を、イシュマは抱き上げた。溶けていく体を壊さないようにそっと。

そして慈愛に満ちた口調で囁いた。

「体が火照《ほて》ってるな。大丈夫だ、すぐに冷やしてやる」

「ん、や……」

イシュマの優しい扱いにもかかわらず、俺はすっかり怯え切っていた。手足は弛緩《しかん》し、喉が渇いて声も出せない。だけど、今のイシュマとナイジェルの会話はちゃんと理解出来た。

俺は告白させられるんだ。ケースの解錠番号を言わされる。俺の意見なんて何の関係もなく、イシュマは俺を自分のものにする。

——俺の気持ちは顧みられないまま、心だけ無理矢理こじ開けられてしまう。

だけど、イシュマは強くナイジェルを見据えた。

「下がれ、ナイジェル」

その言葉に、ナイジェルは不審そうに眉を顰める。だが、それ以上ナイジェルが意見することをイシュマは許さなかった。

「確かに俺は小鳥が欲しい。小鳥を花嫁にして一生傍に繋ぎとめておきたい」

そして、愛しそうに俺のつむじに鼻先を埋める。

「だがお前の策略は必要ない。俺は必ず、真っ向から小鳥に解錠番号を言わせてみせる。……たとえお前でも、小鳥を害するような真似は許さない」

イシュマの断固たる拒絶に、ナイジェルはしばらく沈黙していたが、抗議はしない。

「出過ぎた真似《まね》を致しました。お許し下さい」

謝罪の意を込めて、速やかに頭を下げる。

毒を盛る、なんて禍々《まがまが》しい行いの割には、引き際はあっさりとしたものだ。だが、全身の素肌が異様に敏感になっている俺は、ナイジェルが密かに微笑する気配を感じていた。

まだ若く、意気旺盛なイシュマには頑ななところがある。だが、それは将来の支配者に相応しい特質だ。誇り高いイシュマは、容易な誘惑には決して惑わされたりしない。

「小鳥。いい子だ、聞こえるか?」

ナイジェルが退室すると、イシュマは俺を抱き、寝室の外へ向う。

薔薇が取り巻く白い大理石の回廊を抜け、湯殿へ向かっている。まだ火が入っていない湯殿には、冷たい水が張られている。イシュマは軍服の上着だけを脱ぎ、俺を抱いたまま、躊躇いなくゆっくりと水に入った。

ぱしゃんと涼やかな音が聞こえる。燃え盛って、溶け崩れかけていた皮膚が、急激に冷えていく。けれど、理性まで犯すような内部の熱は鎮《しず》まらない。それを鎮める方法を、イシュマはもちろん知っている。

「あ、あぅ………っ」

イシュマは水の中で俺の衣服をまくり、痛いくらいに張り詰めていた性器を手の平で包み込んだ。そっと上下に擦り立て、もう片方の手はさらに奥を目指す。小さな泡が水底からいくつか立ち上る。

「………ひ、ぁあん……っ！」

薬のせいであぶられたように火照っていた秘密の場所に、長い指が二本入り込んでいる。それだけで達してしまいそうなくらい感じてしまって、俺は切なく吐息しながらイシュマの首に腕を回す。

「…………んん……、イシュマ……っ」

指は小刻みに動き、肉が溶けて神経が剝き出しになっているような粘膜を、いやらしくかき回し、擦り立てる。

………すごく気持ちがいい。

「……イシュマ、イシュマぁ…………っ」

「可愛いな……こんなにとろとろになって」

「は………あ、ん……あぁああ……っ」

出し入れされて、かき回されて。もっともっと奥をかき回して欲しいと恥じらいもなく腰を揺らめかせる。

その動きでばしゃばしゃと水音が立ち、浮力で何度も体が浮いて、まるで青い海に溺れているかのような錯覚を覚える。何に囚われることもない解放感の中で、俺は全身を震わせて達してしまった。

「はぁ………、は……っ」

「小鳥」

絶頂直後でまだ朦朧としている俺に口付けて、イシュマはそっと語りかけた。

「俺は、お前の体だけじゃない………心が欲しいんだ」

愛してる。小さな羽根で、どこへでも飛んで行くことが出来る鳥。

身分と立場にがんじがらめにされている一国の王子とは違う。ずっと憧れて、焦がれて、愛していたと、イシュマは繰り返し俺の耳に囁き続けた。

「小鳥、蜂蜜《はちみつ》をかけてやろう」

朝のテラスで、俺とイシュマは差し向かって朝食を食べている。ゆったりとした籐《とう》のソファに座り、シェフが目の前で卵料理を焼いてくれる。果物のジュースは八種類も用意され、たっぷりと大きなグラスに注がれている。イシュマは俺がナイフを入れたふわんふわんのパンケーキに蜂蜜をかけた。

「美味そうだ。一口貰おう」

「あ」

俺の手首を摑むと、フォークに刺さっていた一切れを食べてしまう。それから悪戯っぽく蜂蜜で濡れた唇を指先で拭《ぬぐ》う。

「甘いな。お前の唇と同じ味がする」

そんなことを言って俺を真っ赤にさせる。

今朝のイシュマは大変な上機嫌だ。何故なら今日はイシュマの休息日だからだ。それから多分、薬のせいとはいえ、俺が昨日イシュマが欲しがる言葉をたくさん口にしたから。

「気持ちいい」とか、「もっと」とか——なんかたくさん言わされたような気がする。よく憶えてないけど、イシュマはすっかり満足したようだ。ここ数日王宮に閉じ込められて、さすがに鬱々《うつうつ》としていた俺が、外出してみたい、とおずおず申し出てみると、その願いも叶えられた。

が、もちろんあっさりと行くはずがない。

「俺、絶対こんなのやだっ」

イシュマの命令で着替えを済ませた俺は、思い切り地団太を踏んだ。

だがあめ細工みたいに華奢なミュールをはいているので全く迫力がない。着ているのも白い蝶の羽根を何十枚も重ねたようなワンピースだ。形はすとんとシンプルだけど、細部がとても凝っていて、歩く度に裾がふわふわ揺らめく。

「ずるいずるい！　イシュマは最初からこんなつもりだったんだ。だから簡単に外出させてくれたんだ！　イシュマはずるいよっ！」

「ずるくない。たまの休日だというのに、成人を迎えた王子が同性の友人と二人きりで遊びに出るような、色気のない真似も出来ないだろう」

「だったら、誰か女の子と遊びに出ればいいじゃないか」

「外に遊びに出たいと言いだしたのは、お前だぞ？」

何か上手く言い包められて、結局、俺は不貞腐《ふてくさ》れ顔のままイシュマが運転するジープで、王宮の外に出た。護衛を付けられると面倒だからと、完全なお忍びでの外出だ。

「どこを観たい？　何か欲しい物はあるか？　ずっと王宮に閉じ篭っていたから退屈だったろう。好きな場所に連れて行ってやるから何なり言うといい」

「誰が閉じ込めてたんだよ」

ぷ、とふくれる俺に、イシュマはサングラスをかけた横顔で笑った。

イシュマは白いシャツにコットンパンツという軽装だ。ラハディールで一番有名な青年であることを隠す為に、サングラスもかけている。それが憎たらしいくらい似合ってる。万一王子様を廃業したって、モデルでも俳優でもして生きていけそうだ。

「取りあえずは日本の観光客が喜びそうな場所を回ってやろう。今日は火曜日だから、サファイア寺院の中を見学が出来る」

「あ、知ってる。世界で一番大きいサファイアが納められてるんだって、テレビで観たことあるよ」

「それからバザールに行こう。美味い牛肉のスパイス焼き《カフィシャーン》の屋台が出てる」

俺は少しびっくりして食いしん坊の王子様を見上げる。屋台って、日本で言えばたこ焼きみたいなものだ。てっきりイシュマは贅沢な高級品しか口にしないと思ったのに。

「イシュマも、そんなの食べるんだ」

「当たり前だ。王宮からだけでは、国のすべては見えない。夜の街を歩くこともあるし、単独で地方へ視察に出ることもある」

それもまたお忍びで、こっそり王宮を抜け出すのだそうだ。護衛の人たちはさぞ慌てることだろう。

「もっとも、自由に行動が出来るようになったのは正式に皇太子になってからだが。俺は自分の国が世界で一番気に入っているから、自由行動をやめるつもりはない」

だから俺にも、ラハディールのことをもっと知って欲しいと言った。

イシュマは車の運転がとても上手で、王宮からあっという間にギラハドの中心街に到着した。

欧米の大都市かと見紛《みまご》う高層ビルをすり抜けると、世界的に有名な寺院の屋根は、納められたサファイアそのもののように青く輝いていた。

不思議に調和が取れたラハディールの首都を眺め、それから活気に溢れるバザールを訪れた。イシュマおすすめの屋台で牛肉のスパイス焼き《カフィシャーン》を頬張って、冷たいレモン水を飲む。美味しくて、色んなものが珍しくて、ずっと目を見開いている俺に王子様は始終満足の様子だ。

ジープは高速道路を走り、市街地を抜けて、やがて視界が真横一文字に開けた。この国は四方を砂に囲まれていて、首都のすぐ背後が砂漠だ。

「すごーい、地平線だ」

ジープは砂煙を上げ、道なき道をどこまでも走り続ける。

太陽が、とても近くに感じる。

空って青いものだと思っていたけど、地平線に近い部分は、むしろ淡い水色だ。それが上に向かうにつれて徐々に濃くなり、天空は群青に近い。こんなに鮮やかなグラデーション、日本では見ることはない。俺は、自分が今異国にいるんだと改めて実感した。

広大な砂漠と、十年ぶりの蒼空《あおぞら》に見惚れていると、頬に何か冷たいものが押し当てられる。

「わっ！　冷たい！」

「食うか？　果物は好きだろう」

バザールで買った凍らせたプラムだった。まだ白く霜が付いている果物に、俺は齧《かじ》り付いた。こめかみが痛くなるくらい冷たい。だけど熱砂の砂漠にいて、乾いた喉に甘さがじんわりと沁みる。

「冷やっこーい、でもおいしいね！」

運転席のイシュマを見ると、片手でプラムを齧りながら、ゆっくりとハンドルを操作している。ちょっと行儀が悪いのに、ちっとも下品じゃない。生まれも育ちも気高く、その気品はちょっとやそっとじゃ揺るがないのだ。

「あ、王宮だ。俺たちあっちから来たんだね」

視界のずっと向こうに、王宮の堂々たる偉容が見えた。周囲を囲む堅牢な城壁に、八本の尖塔《ミナレット》が剣のように空を突く。その向こうで、国王が住む楼閣が巨大な影のように揺らめいている。

「王宮って、けっこう砂漠の際に建ってるよね。やっぱり景色がいいから？」

俺の単純な発想に、イシュマは笑顔を見せた。

「馬鹿な。戦略上、どこの国でも首都は国土の中央に、王宮は首都の中央に建てられるべきものだ。景色がどうこういう問題じゃないだろう」

「え？　そうなの？」

「この国でも建国当時は王宮は国の中央にあったが、時間とともに砂漠に侵食された。お前がこの国に住んでいた十年前は、砂漠の稜線《りょうせん》はもう少し向こうにあったんだ」

どういうこと？　と俺が尋ねると、イシュマは砂漠の果てを真っ直ぐに見つめて答えた。

「日本は水の国だから、お前には想像出来ないかも知れないな」

そう言って、俺を見た青い瞳には憧憬《しょうけい》が感じられた。それは海に囲まれ、年中雨が降る国で生活している俺への純粋な羨望だ。

多大な権力を持つ王子様でさえ、国土の地質的な特性は簡単に覆《くつがえ》せない。

「砂漠化の進行だ。凄まじい速さで進んでる。現在も強力な緑化対策が敷かれているが、それも天然資源の発掘で培った貯蓄があってこそだ」

イシュマがゆっくりとハンドルを切ると、ジープは緩やかに傾き、波しぶきのように砂が舞い上がる。

「だが天然資源もいずれ必ず枯渇する。しかも、周辺国の政情は常に不安定だ。今から国力を付け、想定されるあらゆる危機に備えなければ、この国が砂に飲まれて消えるのも遠い未来じゃない」

真摯な目で果てない砂漠を眺めている。この茫漠《ぼうばく》たる砂漠を制することが出来なければ、国ごと滅んでしまう。その戦いの指揮を、イシュマはいずれ執《と》ることになる。それは凄まじい重圧に違いないのに、イシュマの瞳に畏《おそ》れはない。

すべてを自分の当然の責務として受け入れている。これが皇太子の目なんだ。

いつかこの国を、花でいっぱいにするのが自分の夢なんだと語るイシュマに、何だかどきどきする。俺のことをからかってばかりいるくせに、自分自身や自分の責任に対しては、すごく厳しい。

イシュマはそういえば、と悪戯っぽく唇に弧を描いた。

「あの街に住んでいた頃、砂もぐらを摑んでお前を追い掛けたことがあったな。お前は怖がって泣き叫んで、とても可愛かった」

「そういうのは、忘れていいよ」

唇を尖らせる俺の後ろで、イシュマはプラムを手にくすくす笑っている。

――何だ、砂もぐらのことは、ちゃんと憶えてるんだ。

十年前、まだ子供だった頃、イシュマは本当にやんちゃだった。

ある日、俺は砂漠のうんと奥地まで連れて行かれた。俺は早く帰りたい、お父さんに叱られると泣いていたのに、イシュマは平気でどんどん奥地まで入り込んで、砂もぐらの巣を探り当てたのだ。

中から一匹捕まえて俺に見せてくれたけど、長い爪が怖くて俺はわんわん泣いて逃げ帰った。

それなのに、翌日も俺はイシュマと一緒に遊んだ。毎日自分と遊べと、幼いイシュマは俺に命じていた。どんなにいじめられても、振り回されても、俺はその横暴な命令に逆らわなかった。

それなのにイシュマが俺の目の前から姿を消したのは、本当に突然のことだった。

ある朝、俺はいつものようにイシュマの住むお屋敷に向かった。だがそこにはすでにイシュマの姿はなく、イシュマの世話をしていた執事が静かに俺を出迎えた。

王子は、国王となる教育を受ける為に王宮へ帰られました。もうあなたとはお会い出来ません——

そう教えられても、俺は次の日もイシュマを迎えにお屋敷に行った。その次の日も。

イシュマが本当に王子様なんだということが、俺にはよく分からなかったから。それを理解出来たのは、日本に帰ってからだった。子供には切ないくらいの時間が過ぎていた。

「わっ、あつーい！　フライパンの上にいるみたい」

俺はミュールを脱いで砂漠に降り、焼けた砂を踏みしめていた。砂漠に降りてみたいとせがみ、イシュマにジープを停めて貰ったのだ。

「あまり長居はしないぞ。お前はせっかく肌が白くてきれいなのに、日焼けすると面白くない」

せめてジープの陰に入れと、首根っこを捕まえられて引き寄せられる。

俺はイシュマの足元で砂をすくってみる。手の平の中に砂時計。さらさらと時間が流れ落ちていく。

「何かこうしてると昔のこと思い出すな…」

砂もぐらのこと。砂漠の淵に咲く、小さくて可愛い花のこと。一年に一度、空を渡る蝶の大群。

風が砂に刻む風紋の果てを追って、二人でどこまでも歩き続けた。

日本での平凡な生活に、すっかり埋没していた砂漠の国での記憶。たった二年間程の記憶が、花が開くみたいに鮮やかに蘇る。王子様の傍で、ただこうして砂に触れただけで。

「小鳥」

呼ばれて顔を上げると、ジープにもたれて俺を見下ろしていたイシュマは、サングラスを外す。凶暴な太陽が照らし続けるこの砂漠にいて、不意に涼やかな気持ちになるような、青い瞳が露になる。

「ケースの解錠番号のことだ」

途端に、俺は顔を強張《こわば》らせた。

だけどイシュマは警戒するな、と苦笑する。

「もう無理強いはしない。言いたくなければ、黙っていればいい」

咄嗟に冗談かと思った。だってイシュマは、ずっと、俺に問い続けていたから。花嫁にする為に、毎日毎日、事ある度にそれを俺に尋ねていたから。ナイジェルに至っては、自白剤まで使って俺に白状させようとしていた。

「無理強いはしない。解錠番号は、お前が心を開きたいと思った時に教えてくれ」

「……そんなの、永遠に来ないかも」

「構わん。俺は永遠に諦めない」

イシュマは俺を抱き締める。俺のつむじに顎を乗せてくすくす笑っている。

何となく分かった。イシュマが突然、そんなことを言い出した理由。

昨日、ナイジェルが俺にとんでもない無茶をしたこともその一つだろう。あまりにも悪辣《あくらつ》なナイジェルの遣り口を見て、自分のことを省みたのかもしれない。

だけど、多分それだけじゃないと思う。きっとイシュマは、この休息日をとても楽しんでいる。

こうして俺と砂漠に立って、無邪気に遊んだ子供の頃を思い出して——それで、強引だった態度が少し緩和されたのかもしれない。俺たちが共有する思い出が、イシュマの態度を変えたんだ。

だったら俺も素直になればいいと思う。子供の時みたいに、泣いて怒って、そうして、全部話してしまえばいい。

俺がどんな気持ちでこの国に来たか。どんな気持ちでイシュマに指輪を届けようとしたか。幼馴染に突然呼び出されて、困惑しながら、それでもこの国に訪れた、その時の決意を話せばいい。だけど、イシュマの突然の変化に俺はまだついていけなくて、どぎまぎと視線を逸らした。

「俺、もう一度あの街に行ってみたい」

そんな言葉が零れる。上手くまとまらない心を追い抜いて、それでも唇は、真実を伝えようとする。

「あの街に行ってみたい。子供の頃、過ごした場所を見てみたい。砂もぐらも、今だったら怖くないかも知れないし」

「そうだな、俺も憶えてる。あの街には、楽しい記憶しかない。二人で一緒に遊んだことを、一日たりとも忘れたことがなかった」

「……いじめられたこと、忘れた訳じゃないからね」

俺の下手な憎まれ口を、イシュマは穏やかな眼差しで受け流す。

「二人で帰ろう、いつか」

イシュマはその約束を誓うみたいに、俺に甘く口付ける。一瞬体を竦ませたけど、俺はどうしてか、それを拒めない。

優しい囁きのように、砂漠の風が吹き渡った。


ぼんやりと目を開けると、俺はイシュマのベッドに横になっていた。

どうしたんだっけ。

確か、砂漠から、もう一度都心に戻ってレストランに行った。

スモークサーモンと帆立貝のタルタル、伊勢海老グラチネ香草風味、フォアグラの野草ソースを絡めたテリーヌに、デザートは生クリームをたっぷり添えた果物のミルフィーユ。

美味美食。極上の晩餐を振る舞われて、イシュマはワインを勧めてくれた。恐る恐る口を付けた生まれて初めてのアルコールは、殊の外おいしくて俺はどんどんグラスを空けた。そこまでしか、憶えてない。

「……あたま、いたい……」

ベッドの上の俺は、まだ着替えを済ませていなくて、外出したままの格好だ。どうやら帰りのジープの助手席でうとうと寝入ってしまって、イシュマがここまで抱いて運んでくれたようだ。

「……イシュマ？」

俺はのろのろと体を起こし、ベッドから降りる。寝室を出て、サンルームに向かう。薔薇も眠るこの時間に、ガラス張りの室内は暗闇に沈んでいた。

イシュマの姿は見えない。けれど人の気配を感じて目を凝らすと、緑のローブが見えた。

ナイジェルが、そこに立っていた。懐から恭しい手付きで何かを取り出したところで、俺に気付いた。

「失礼致しました。起こしてしまいましたね」

うろたえもしないで、穏やかに微笑する。

だけどそれには答えず、俺は、ナイジェルの手の中にあるそれをじっと凝視している。それはあの指輪ケースだった。

いつもはサンルームのこのテーブルの上に置かれているのに、ナイジェルはそれをどこかに持ち出していたようだ。

「何、してるの…？」

「ご覧の通りです。指輪を戻しに参りました」

まだ半分、俺は寝ぼけているのかもしれない。淡々と語るナイジェルの言葉が、よく理解出来ない。それが、何を意味するのか。

「見られてしまったのなら、仕方ありません。あなたには黙っておくようにとのご命令ですが、隠してもご不審を招くだけでしょう」

そう言って、ゆっくりとこちらに近付く。

「お二人が外出している間に、この指輪ケースをギラハドにいるからくり細工の職人に見せていました。しかし、あなたのお父上はなかなか優秀な職人のようだ。解錠番号なしではこの蓋を開けることは不可能でした」

「……どういうことですか？」

「イシュマ様のご命令です」

嫌な予感がする。これ以上、ナイジェルの言葉を聞いてはいけない気がする。

せっかく、今日は楽しかったのに。久しぶりに外出して、おいしいものをたくさん食べた。色んな建物を見上げ、二人で砂漠で眺めて、子供の頃の話をした。とても、とても嬉しかったのに。

「あなたを王宮の外に連れ出すから、その間に解錠番号が分からずともケースを開ける方法を見付けだせとおっしゃられました。ずっとここに置いていた指輪ケースがなくなれば、あなたが不審がることは目に見えている。今日の外出は、あなたの警戒心を解く為のものでした」

「そんなはずありません」

俺は思わずナイジェルの言葉を遮る。

「イシュマは……指輪ケースをこじ開けるなんて、そんなこと――しないと思う」

「本気でそう考えておいでですか？」

たどたどしい俺の言葉に、ナイジェルは少し笑ったようだ。フードから、金色の髪が零れ落ちた。

「あなたは、イシュマ様のお立場をまるで理解していないようだ。そしてこの中に入っている指輪の重要性も。いい機会だ、すべてをお話ししましょうか」

白く冷たそうな指が伸びて、俺の手首を摑んだ。思わず怖気付いて、後ずさりかけたがそれは許されず、ケースを手渡される。

「王家の結婚指輪は、とても重要で稀少なものです。しかし、持ち主が定まるまでは、我々にとっては脅威となり得ます。悪意を持つ者がこの指輪を手にし葬れば、イシュマ様は未来永劫どなたをも正式なご正妃としてお迎えすることが出来ません。イシュマ様のご後継について争いが生じ、国家が混乱するのは必至」

俺は手に持ったケースを見下ろす。これが重要なものであることは、もちろん知っていたけど。

だけど、改めて耳にすると、自分が大変な危険にイシュマを晒していたことに気付いた。イシュマが、破格の寛容さで俺が解錠番号を口にするのを待っていたことにも。

「まさかとは思いますが、解錠番号を言う、言わないと争うことがお二人のご遊戯とでも思っていましたか？　十年ぶりに旧交を温める幼馴染とのコミュニケーションの一種だと。権力を持つイシュマ様が、あなたにだけは手加減をし、甘やかしてくれるとでも？」

「…………そんなこと…………」

「そう、そんなはずはありません。一国の王子が、他者におもねるようなことがあるはずがない。支配者は非情です。このまま強情を張り続ければ、あなたのご家族にも害が及びますよ。ケースを造られたのは、あなたのお父上だ」

俺ははっと息を飲んだ。まさか、そんなことまで考えていたなんて思わなかった。父さんをこの国に呼び出して、このケースを開けさせる。もしもそれを拒んだら、父さんも、この王宮に閉じ込めるんだろうか。

「でも……だって、イシュマは言ってたんです。約束したんです。俺が嫌なら黙っていいって。いつになるか分からないけど、ずっと待ってるって」

それに、それに――イシュマは、俺にあの街に行こうと言った。俺と過ごした子供の時間はとても大切な記憶だから。真昼の砂漠で、俺を見下ろす瞳はとても優しかった。

そう訴えたけど、ナイジェルは哀れむような口調で俺に語りかける。

「残念ですが、小鳥様。あの街はもはや存在しません。数年前、砂漠に飲まれて地図から消えてしまいました」

その言葉に、俺は愕然とした。

あの街が消えた？　田舎ではあったけど、宝石の産出と、その加工で栄えていた。

あの街が、もう存在しない——

「砂漠化の進行についてはご存知ありませんか？　あの街は、数年前に砂に飲まれました」

著しい砂漠化の進行。それを俺はさっき目の当たりにしたばかりだ。考えてみれば、砂漠の境界線ぎりぎりにあったあの街が、その犠牲にならないはずはない。

だけど、イシュマはそんなこと一言も言わなかった。

「……でも、イシュマは……、俺に言ったんです。一緒に帰ろうって、あの街は思い出の街だから、二人で帰ろうって」

「優しい記憶も、時には強力な武器になる。王子は強攻策から懐柔策に出た。ただそれだけのことです」

俺はもう、何も言うことが出来なかった。言葉を重ねれば重ねる程、自分が傷付くことに気付いたから。

イシュマは、あらゆる手段を使って指輪ケースを開こうとしている。単純な俺は、いとも容易《たやす》くその策に引っかかってしまった。

俺は嘘をつかれて、騙されて、イシュマの思い通りになる。子供の頃と同じ。

「さあ、そろそろご観念下さい。あなたはそれほどまでイシュマ様に愛されています。それはとても名誉なことなんですよ」

「………考えさせて下さい」

ガラス窓の向こうで、雲がゆっくりと流れていく。現れた月は、深い眠りから醒《さ》ますように、薔薇園に金色の光を注ぐ。今夜はこの国を囲む砂漠も、きっと明るいだろう。

「王宮の、外に出して下さい。砂漠を歩きながら、一人で考えたいんです」

すでに退路がない俺の、最後の悪あがきだと思ったのかもしれない。ナイジェルはゆったりと頷いた。

「いいでしょう。衛兵の交代がある午前三時に、薔薇園を抜けて東の門へお越し下さい。私が鍵を開けておきましょう」

その際には、この指輪ケースを持って行くように、とナイジェルは言った。

「その方が、考えが上手くまとまるでしょう」

「……でも、イシュマが……、俺が部屋を抜け出すの、不審がるかも」

「それは、あなたがお考えになることだ」

やや酷薄な言葉で俺を突き放す。俺はただ、自分の足元を見ているしかない。

「どうぞ私を恨まないで下さい。本当は、あなたを亡き者にすることが私には一番手っ取り早いんですよ、小鳥様」

穏やかな口調で、恐ろしい言葉を口にする。

もしも俺が、尚抵抗したら、ナイジェルはそれを実行していたかもしれない。

「しかし、私は心から敬愛する王子の逆臣にはなりません。あなたをイシュマ様の望み通り、イシュマ様の花嫁にする。それが私の最大の譲歩だと思って下さい。イシュマ様は至上の地位に就かれる方です。あの方の望みはすべて叶えられねばならない。その為には――」

ナイジェルはまるで天使みたいな、清らかな笑顔を見せた。

「あなたにどんな犠牲を強いることも止むを得ません」


「まだ起きていたのか」

薔薇園に一人で立っていた俺に、回廊を歩いて来たイシュマが笑いかける。急な用事で王室に呼ばれていたらしい。

「馬鹿だな。この国でも夜は冷える。お前は体が小さいから、すぐに風邪をひくぞ」

イシュマは背後に控えていた護衛を下がらせ、俺を抱き上げると、おでこにキスして歩き始める。寝室に連れられて、ベッドの上に座らされた。

「ぼんやりしてるな。疲れたか？」

俺は、外出したそのままの格好でベッドに座っている。イシュマは俺の目の前に跪く。俺の足首を手に取り、ミュールを脱がせ始める。

「ナイジェルに茶を持たせよう。さすがにもうアヴァリスタを混ぜたりはしないだろう」

「いらない……ちょっと疲れただけだから」

「そうか。今日はあちこち動いたからな」

そして、むき出しになった俺の足首に口付けた。高貴な人の際どい振る舞いに、俺は無意識に唇を開く。

「イシュマは、どうして俺が好きなの?」

気が付いたらそんな言葉を口にしていた。

唐突な質問に、イシュマは俺のワンピースにかけた指を止める。俺はどうしてそんなことを言ったのか自分でもよく分からなくて、ますます余計なことを口走ってしまった。

「だって、イシュマは王子様なのに。王宮には、綺麗な女の人がたくさんいるでしょう? 別に、男の俺なんかじゃなくても……」

「なんだ、妬《や》いてるのか?」

そうからかわれて、俺は押し黙ってしまう。

俺が怒らないことが意外だったらしい。イシュマは不思議そうに俺の顎を取った。抵抗される間合いを計るみたいに、ゆっくりと唇を重ねる。

「ん……っ」

舌が潜り込むと、その柔らかな感触にぴくんと肩が震えた。

「う………ん、……っ」

「小鳥。少し口を開けてみろ」

軽く俺の舌を吸う。イシュマの愛情は、怖いくらいに強くて、真っ直ぐで、その分一方的で逆らうことを許さない。

だけど――これ以上、俺のことを引っかき回さないで欲しいと泣き出したいくらいに思う。

「……好き」

俺はイシュマの腕の中で、小さく呟く。

「イシュマのことが好き」

イシュマは言葉を失い、驚いている。俺の肩を掴む指に力が入ったから、すぐにそれが分かった。俺は縋るように青い瞳を覗き込む。

「どんな綺麗な人のことも見ないで。俺のことだけ見てて、俺は、ずっとイシュマの傍にいるから」

お願い、ともう一度繰り返す。

「イシュマが好き」

「本当か？　俺のことを受け入れるのか？」

突然の告白は、イシュマにはすぐに信じられないものらしい。当たり前だった。俺はついさっきまで、イシュマに反発ばかりしていたんだから。

「嘘を否定するなら今のうちだ。俺を怒らせると為にならない」

「う……嘘なんかついてない。イシュマ…昨日…薬飲まされた俺のこと助けてくれた。今日はあちこち連れて行ってくれて、ずっと優しくしてくれた。イシュマが俺のこと好きだって言ってるの、信じてもいいのかなって思ったんだ」

訝《いぶか》しげなイシュマの腕の中で、俺は俯きながら言葉を重ねる。

「それに——それに、俺が、このまま結婚なんて嫌って言い続けたら、イシュマは他の女の人に指輪をあげちゃうんでしょう？　俺、そんなの嫌だ。イシュマが他の人と結婚するなんて嫌だよ」

必死に言い募る俺を、イシュマは無言のまま、ゆっくりとベッドに押し倒した。ペチコートがまくれ上がるが、スカートの作法なんて全く分からない俺は、無防備に足を開きっぱなしにしていた。それはベッドの上では、相手を誘うポーズになるなんていうことも知るはずがない。

「本気なのか？　俺のものに、なるのか？」

か細いビーズの肩紐《かたひも》が引き下ろされ、上半身が丸裸にされる。怖くなって体が強張ってしまうけれど、唇を噛んで堪える。

恥ずかしくない。怖くない。これは演技なんだから。イシュマを油断させる為の演技なんだから。

「………どきどき言ってるな」

イシュマは大きな手の平で、俺の心臓の辺りを覆った。体は嘘をつけず、すごく緊張している。だけど、それは大好きな人の前で胸を高鳴らせている様子と全く同じだ。このまま上手く、騙し通せるだろうか。

「……あ、くすぐった……」

唇が、肩から肩甲骨を、くすぐるように滑り落ちる。

「……日焼けの痕《あと》だ。たったあれだけの時間で、もう痕が付いてる」

「……ん」

「悪いな、今夜はゆっくりとお前を悦ばせる余裕がない。お前のことを、ただ夢中で味わいたい」

イシュマの唇は、その言葉の通り、俺を味わうみたいにゆっくりと首筋を滑り降りる。そして、乳首にそっと触れた。

「あ、……っ」

甘い感覚に、俺は身を捩らせるけれど、逃げた罰を与えるみたいに、きゅ、と甘嚙みされる。

「…………あぅ……あぁっ、………」

体を小さく震わせると、軽く吸われ、舌で押しつぶすみたいに舐め上げられる。

快楽を知り始めたそこが、すぐに硬く凝り始めるのを感じる。意地悪く歯を立てられる度に、甘く詰まった声が漏れ、イシュマの腰を受け入れて高く掲げた足の小指がぴくぴくと震えた。

「可愛いな、小鳥。お前は本当に感じやすい」

二つの乳首を嬲られて、唾液に塗れさせて、すっかり息を乱している俺をベッドの中央に誘う。

そして、思いも寄らない命令が下される。

「小鳥、こっちに尻を向けてみろ」

仰向けに横たわり、イシュマは横柄な口調で俺にそう命じた。指先は、イシュマの唇の辺りを示している。俺は咄嗟に意味が分からず、困惑して首を傾《かし》げる。

「こっちって？　お尻を……？」

けれどそれには答えず、イシュマは強引に俺の腰を捕らえ、自分の頭部に向かって引き寄せた。白いスカートを纏わり付かせた俺は、イシュマの顔を跨《また》いで中腰になっている。

「この格好で、お前を可愛がってみたい」

「や、や、やだよっ、こんな格好…！」

信じられないくらいいやらしい要求に、俺はすっかりたじろいで尻込みする。だがイシュマは許さない。スカートの中で太腿に腕を回し、お尻を鷲掴みにした。

「出来るだろう？　俺が本当に好きなら」

「………あ………」

「俺が好きだと言ったのは嘘なのか？」

胸が、刃物を押し当てられたようにひやりとした。

疑ってるんだ。わざと俺が嫌がるような卑猥な要求をして、反応を見ている。

自分から見えない場所を、こんな風にいやらしく、好き放題にいじられる。そんな羞恥に耐えなければ、この嘘をつき通せない。

葛藤を抱えながら、俺は体の力を抜いてイシュマの望みに応える。

「はぁっ……あ、ぅ――」

こんな状況にすっかり怯えている蕾は、緊張して硬く硬く窄まっている。イシュマはそれを宥めるように、周囲の筋肉をまあるく指でなぞる。内部の粘膜を少しだけ露出させて、丁寧に舌で舐め回す。

「………あ、ふ………あぁ……！」

潤んだ感覚に、俺は背中を仰け反らせてぶるぶると震えた。敏感な場所を丁寧に愛撫されて、体重を支えている内股が細かく痙攣しているのが分かる。今にも崩れ折れてしまいそうで、そうしたらもっと奥までイシュマが入り込んでしまう。

焦れったくて、恥ずかしくて、俺はすすり泣いて腰を揺らしている。

「動くな。お前は体が小さいから、ここも小さい。上手く舌が届かなくなる。それとも、もっと中を舐めて欲しいのか？」

「そんなのやだ、………っ！」

思わず反抗すると、イシュマの舌が、無理矢理こじ開けるみたいにして内部に潜り込む。

「………ひ、あ…っ、イヤ……！」

「イヤ、じゃない。前にしてやった時は、喜んでたろう」

「よろこんでない…っ、うそいわないでっ」

俺は不自然な中腰のまま、必死でかぶりを振った。

「嘘じゃない。お前が知らないだけだ。指や舌でいじると、お前のここはすぐにとろとろになる」

それを証明するみたいに、イシュマは俺の中に指を挿入した。何かを探すみたいに、ぐるりと大きくかき回す。

「あ、あぁ――！」

堪え切れず、俺は四つん這いになって高い声を上げる。それでも指は容赦なく増やされる。一本から二本、二本から三本に。

「あ、うん………んんん……っ！」

俺は眉根を寄せて、目の前の羽枕を摑んだ。閉じきれない唇から、涎《よだれ》が糸を引いて零れ落ちる。

暴かれることは、つらくて恥ずかしいはずなのに。それなのに、イシュマの唾液を蓄え、充分に広がったそこは、すっかり熱を高めてもっと強い刺激を欲しがっている。疼くようなもどかしさを、我慢することが出来ない。

「欲しいのか？　小鳥」

「……ん、ちが………っ」

「何を意地を張ってるんだ。お前が望むものなら何だってくれてやる」

往生際が悪く、まだ違う、などと言っている俺を、イシュマは自分の腰の上に跨らせる。スカートがおへその辺りまでまくり上げられた。この格好のまま、自分でイシュマを飲み込んでみろと強要された。

「だ、め……出来ない、こんなのできない………っ」

「するんだ。自分で尻を広げて、俺を咥《くわ》えてみせろ」

怖くて恥ずかしくて、たまらなくふしだらな命令。

そして俺はそこから逃げ出すことが出来ない。目を閉じると、おずおずとイシュマの言葉に従う。とろとろに蕩けさせられた秘密の入口に、自ら灼熱《しゃくねつ》の杭《くい》をあてがう。

足の力を抜くと、俺の嬌態《きょうたい》を見てすっかり昂ぶっていたイシュマが、ゆっくりと、俺の中に侵入した。

「やあ、あっ、あ…………………！」

すごい圧迫感だった。支えにした、イシュマの手に思わず爪を立ててしまう。

けれど、慣れない行為に怯えて窄まっていたのは入口だけだった。イシュマの唾液を流し込まれた内部はじゅくじゅくに潤い、蕩けていて、いったんすべてが収まると、俺はただ淫らな欲求だけに突き動かされる。躊躇いがちに腰を使うと、ぎしぎしとベッドがきしむ音が聞こえる。

「う、ん……あぁ……っ、ああん……！」

「可愛い格好だ。お前が、俺を咥え込んでいるのが良く見える」

「いや……っ、いわないで………！」

俺だって、そこがどうなってるか、ちゃんと分かってるから。いっぱいいっぱいに襞を引き伸ばし、悦んでイシュマを頬張り、舐めしゃぶってる。時々、甘い蜂蜜を舐めるみたいに、ちゅくちゅくという音が聞こえさえする。

そして、イシュマは恥ずかしげもなく大きく反り返っていた俺の性器にも手を伸ばした。

「や――っ‼」

俺は慌てて性器を手の平で隠したけれど、イシュマはその手の平ごと上下に動かした。まるで、自慰《じい》させられているみたいに。

「あっ！　やあぁん……っ！　あっ、あ――！」

「そう………いじめてるんじゃない、可愛がってるんだ。もっと声を聞かせてくれ」

あらゆる美辞麗句に相応しい王子様が、熱っぽい眼差しで俺を見ている。

真下から刺し貫かれて、いやらしく腰を振って性器から先走りを溢れさせて。快感のまっただ中にいる俺はすっかり乱れてイシュマを悦ばせた。これは、イシュマを油断させる為の演技だということなどすっかり忘れてしまっている。

好き、好き。大好き——子供だったイシュマが俺をいじめていたのは、幼いなりの愛情表現だったと今の俺はちゃんと分かってる。

「あっ……あああぁ……——も、ダメ、……だめぇ……っ」

自分の、不器用で不慣れな動きだけじゃ足りない。

焦らさないで、イシュマにも動いて欲しい。もっと強引に、淫らに、体の中をぐちゃぐちゃにかき回して欲しかった。

「おねがい、イシュマ……ねがい……っ、も、…かせて……！」

素直にお願いすると、イシュマは濡れて艶めく唇にキスをくれる。

「いいだろう、……褒美をくれてやる」

「ひ、ああぁあっ！」

上半身を起こし、俺を力強く抱きかかえると、真下から激しく突き上げる。結合部からも、だらだらと透明な液体が溢れ出す。

イシュマは愛してる、と何度も囁きながら、俺の性器を愛撫してくれた。いろんな体液に塗れて、快楽のどん底に俺は突き落とされる。

「あ、あああ……っ、ん……――！」

凄まじい絶頂感に体が硬直した。

イシュマの形がはっきりと分かる程に、そこがきつくきつく締まり、次の瞬間急激に脱力する。同時に、俺はイシュマに抱き竦められ、体の一番奥を熱い迸りが叩くのを感じた。

失神するように崩れ落ちた俺の体を、イシュマは腕を差し伸べて横たえてくれる。

「…………ん…………」

抱っこをしてくれるのかと、無意識にイシュマの胸に鼻先を寄せようとしたが、イシュマは俺の両膝を立て、汚されたばかりの最奥に指で触れた。

「あ、……………やだ、みないで………っ」

「そのままだ。足を閉じるな」

濡れている窄まりを、少し強引に押し開く。

「…………んん、ぁ………っ」

イシュマを受け入れていた場所から、温い体液が溢れ出してしまう。粗相をしたような羞恥に俺は必死で顔を背けるけれど、イシュマはシーツの上にとろりと零れた精液を小指ですくい、俺の唇に塗り付ける。

「…………お前が俺を受け入れた証だ」

満足そうな声を聞いて、俺はくったりと目を閉じた。満腹の子猫みたいに気だるい気持ちで、このまま眠ってしまいたいと思う。

けれどイシュマは俺のまぶたにキスを落とし、懇願するように問いかける。

「ケースの解錠番号を教えてくれ。指輪をお前のこの指にはめてみたい」

気持ちが通じ合ったなら、当然イシュマの意識はそこに向かう。だけど、すごく濃密な時間を過ごした直後の今だから。

いつもは冷静で鋭敏なイシュマも、今だけはきっと心を緩めている。俺はイシュマの意識を上手く逸らすことが出来る。

「何か飲みたい。のど、渇いた」

甘いのがいい。冷たくて甘い飲み物をイシュマに作って欲しい、とせがむとイシュマは蕩けそうな優しい目で俺に微笑みかけた。

「待ってろ、アロエのジュースを作って来る」

イシュマは俺の前髪をかき上げ、むき出しになったおでこに口付ける。バスローブを羽織り、寝室を出て行った。

それを見送り、俺はのろのろと体を起こす。快感に溺れたばかりで、危うげに震える足を叱咤《しった》した。

服。それから靴。イシュマのものでもいい、とにかく何か着なくちゃ。

時間は三時五分前。門の鍵が開かれる時間には、まだ間に合う。

俺は一人で月夜の砂漠を歩いている。

夜空は、銀の糸で織られたレースを黒い絹布の上にさっと放り投げたような煌びやかさだ。周囲は月明りのふんわりとしたほの明るさに包まれている。まるでおとぎ話の世界にいるみたい。

それなのに、少しだけ心細い。何となく、シャツのポケットに手を伸ばしてみる。そこには、指輪のケースが入っている。ナイジェルに言われた通り、これを持ち出した。

「………いいよね、別に。本物の指輪は王宮にあるんだし」

夜の砂漠をひたすら歩く。

一人になって考えたいとナイジェルには言ったけど、それは嘘だった。ただ、今はイシュマの傍にいたくなかった。イシュマが信じられない。信じられないのに、傍にいると、どうしてか全部許してしまいそうになる。

地平線の果てで、ネックレスのように光が輝いている。隣国の、都市の明かり。俺はひたすらその光を目指して歩き続けた。

このまま、ラハディールを出ようか。

光は真っ直ぐに届くから、思っているより距離があるだろう。それでもひたすら歩き続ければいずれ国境に出るはずだ。それから、大使館に飛び込んで、日本に帰して貰う。

何年かしたら、中東の大国の王子様が結婚するというニュースを、俺は日本で、雑誌やTVの報道で知るだろう。それでいいんだ。

イシュマは俺には関係ない世界の人なんだから。幼馴染だなんて、これだけ立場が違ってしまえば何の意味もない関係だ。

日本に帰る。そうするのが、一番いいのかもしれない。

そこで俺はふと足を止めた。恐る恐る、振り返ってみる。背後に、何か気配を感じた。

王宮から追っ手がかかったんだろうかと振り返ってみたが、誰もいない。ナイジェルが追って来たなら声をかけるだろう。心臓がどきどき言ってる。気のせいだろうか。

だけど分からない。だって、俺が持っている指輪ケースの本当の中身を知っている人はいない。王宮内に、このあらゆる意味で価値の高いルビーの指輪をこっそり狙っている人はいくらでもいるはずだ。それとも、砂漠にひそむ獣だろうか。

途端にぞっと血の気がひいて、俺は慌てて駆け出した。

どうしよう、どうしよう。怖い。

「わっ‼」

駆け出したその途端、足が滑った。危ない、と思う間もなく、体が滑り落ちる。

「……わああ……！」

頭から、前転するみたいにくるくる回りながら落ちていく。

やがて肩から斜めに衝撃が走った。丘陵の、一番下に辿り着いたのだ。

「いったー、もう…こんなのばっかり」

髪や服に付いた砂を払い落としながら、のろのろと体を起こす。砂で擦ったのか、手の平を派手に擦りむいていた。

俺はぼんやりとその傷を眺める。イシュマがここにいたら、きっと大騒ぎだろう。もしかしたら、自ら手当てをしてくれるかもしれない。いや、きっとそうしてくれる。

「……ヘンなの。王子様なのに」

俺は小さく笑う。だけど同時に、ぱらぱらと涙が零れる。

たとえどんな悪どい企みが隠されていたにしても、イシュマが俺に優しかったのは本当だ。

それが、俺には嬉しかったのも——本当だった。

その時、俺は異様な感覚に気付いた。足が、ゆっくりと砂に沈んでいくのを感じる。驚いて周囲を見渡すと、風の音に混じって、人のざわめきにも似たさわさわと擦れた音が聞こえる。

細かな砂が、ゆっくりと下方へ流れ、掻《か》き消えていく。

流砂だ。

「…………………」

恐ろしい予感に、心臓がことことと脈を速める。右膝を砂から抜こうとして、だけど意外な程の強さで引きずり戻される。

水の流れ程、速くはない。だが、圧倒的な力強さを感じる。左足を上げると、その分右足が沈んでいく。まるでどこにも逃がさないと長い腕が絡み付くように。

「……たすけて……！」

からからに渇いた喉から、必死に声を絞り出した。

だが返事などあるはずがない。見上げても、砂の壁がそびえ立つばかりだ。

ここは広大な砂漠だ。地球上でも極端に人口密度が低い場所のひとつだ。しかも今は真夜中だ。誰も助けてはくれない。

砂の壁はさらさらと空しく崩れるばかりで、指をかけることさえ出来ない。

「……助けて……‼」

もう臍《へそ》の辺りまで砂に埋まっている。

死ぬ。ここで死ぬんだ。誰にも知られないまま。イシュマとも二度と会えない。

「小鳥！」

幻聴を聞いた気がして、俺は顔を上げる。

今、声が聞こえた。

そんなはずない。この広い砂漠で、たった一人でこんなところにいる俺を、見付け出せるはずがない。

「小鳥！　返事しろ！」

信じられない——けれどイシュマは、暗闇の底から呆然《ぼうぜん》と空を見上げている俺に気付いた。

「今そっちに行く！　待ってろ！」

「……だめ‼」

イシュマが身を乗り出すのを見て、俺は咄嗟に叫んだ。

「来ちゃだめ！　ここ、流砂……イシュマも死んじゃうよ！　来ちゃだめ‼」

シャツのポケットに手を突っ込んで、俺は指輪ケースを取り出す。それを、渾身《こんしん》の力で頭上に放り投げた。

「解錠番号はイシュマの誕生日だから！」

砂の圧力を体で感じている俺は、すでに死を覚悟していた。イシュマと言葉を交わすのはこれで最後になる。

俺の気持ちを手渡すことが出来る最後の時間だった。

「ずっと左に回して、ダイヤルを合わせて——本物の指輪は、俺の荷物の中に一緒に入ってるから、探して！」

イシュマが姿を隠した。それきり戻って来ない。声もしない。

しばらくして自動車のエンジンをかける音が聞こえる。イシュマが王宮へ帰るんだ。指輪ケースを返し、解錠番号も教えたんだから、もう砂に飲まれていく俺のことは見捨てるつもりになったのかも知れない。

けれど少しも、恨《うら》みがましい気持ちは起こらなかった。ただ、心から安堵《あんど》していた。良かった。イシュマは王子様なんだから。イシュマが王宮へ戻れば、手に入れられないものは何一つないんだから。

そう思いながらも、止《と》め処《ど》なく涙が流れ落ちた。大好きだと、俺は死んでもずっと忘れないからと、ついに言えなかったから。

大好き。いじめられたことだけじゃない。本当は十年間、一度だってイシュマを忘れたことがなかった。ずっとずっと、大好きだった。

その時、視界の端を黒い影が過ぎり、俺は顔を上げる。そして息を飲んだ。真上から誰かが降りて来た。ロープを伝って砂の壁を蹴る。素早い動きは目にも鮮やかで、俺は呆然とイシュマの動作を見ている。

イシュマが砂の上へ降り立つと、目の前に砂煙が立ち上った。

「イシュマ……！」

砂に埋もれ、呆然としている俺の上半身を無造作に抱き締める。けれど、砂の中の両足は鋼《はがね》の鎖が巻き付いているみたいに動かない。ここから逃げ出せない。

俺は絶望的な思いで、イシュマに訴えた。

「駄目、抜け出せない……………！」

「大丈夫だ。絶対に助けてやる」

爆音に似た鈍い音を聞いたその瞬間、目の前のロープがぴんと真っ直ぐに伸び切った。俺を抱き締めるイシュマの体ごと凄まじい勢いで上へ引き上げられ、砂の壁に肩や頭を打ち付ける。

誰かがロープを引き上げてる？　上部には、他に誰もいた気配がなかったのに。

ロープを引く力は容赦がなく、勢い余ってまるで遊園地の乗り物から落下するように空に放り出される。

イシュマに抱かれたまま砂の上に落ちた。砂塗れになって顔を上げると、砂丘の下に、ジープが転倒しているのが見えた。タイヤがぐるぐる空回りしている。

ロープの先端をくくり付けたジープを無人のまま発進させ、自分はロープの逆の先端を体にくくり付けてこの流砂の中に下りた。そして俺を抱き締め、ジープが砂丘を滑り降りれば流砂から引っ張り出される寸法だ。なんて大胆なことをするんだろう。

イシュマは砂に手を突き、珍しく息を切らせて喘いでいる。

「………馬鹿野郎、無茶しやがって」

そして狂おしく俺を抱き締める。その腕は震えてさえいる。

俺は泣きたくなって、イシュマの肩におでこをくっつけていた。


泉の澄んだ湧き水を飲み、俺はほっと息をつく。

ここは王宮から少し離れたオアシスだ。ちょうど地下温水の真上に位置するらしく、とても暖かい。水辺の近くにいるせいか、空気はしっとりと湿度を含んで、咲き乱れる花の香りに満ちている。

「イシュマ、どうして俺が砂漠にいるって分かったの？　ナイジェルに聞いたの？」

イシュマは背の高い常緑樹の根元に座り、片膝を立てて砂漠の果てを眺めている。何を考えているか分からない、無表情で。

「お前のいる場所ならどこでも分かる」

そう言って、だが苦々しく溜息を吐いた。

「と言いたいところだが、お前が持ち出した指輪ケースには、盗難に備えて超小型の発信機を付けておいた。まさかこんな風に役に立つとは思わなかったが」

だから、ナイジェルは俺にこれを持って出ろと言ったのか。どこまでも、抜け目がない。

夜はまだ明けない。泉の水面に星が映っている。

水底に宝石が沈んでいるかのような、ささやかな輝きをすくいあげたくて、手を伸ばすとイシュマは不意にこちらを向いた。

「明日になったらお前が日本に帰れるよう、手配をつけよう」

「…………え？」

さらさらと砂が流れる音がする。

「日本に帰れ。もう俺の傍にいなくていい」

俺は信じられないような気持ちでイシュマの横顔を見ている。

だけど尋ね返すまでもなかった。イシュマはもう俺のことはいらない、と言ってる。

俺が迷惑かけたから？　一人で砂漠に乗り出すなんて無茶をしたから？　こんな無謀で馬鹿な幼馴染に執着することが馬鹿馬鹿しくなったから？　だが、イシュマは俺を見てくれない。俺の問いかけさえ拒絶している。

涙が出て、止まらなくなる。

だけど泣き顔を見られるのは悔しい。俺は咄嗟に立ち上がり、駆け出していた。

「小鳥！」

イシュマが追って来る気配があった。必死で走ったけど、足音はすぐ背後に迫り、十メートルも進まないうちに捕まってしまう。

振り払おうと暴れたのに、二の腕を摑まれて無理矢理正面を向かされた。

そして、イシュマはうろたえたように俺の顔を覗き込む。

「……どうして泣いてるんだ」

「……やっぱり、そんなつもりだったんだ」

ぱらぱらと涙が零れる。

「イシュマは、最初からそんなつもりだったんだ。俺をこの国に呼んで、からかって、好き勝手に振り回して、それで面倒になったら、日本に追い返すつもりなんだ」

「………何を言ってるんだ………！」

イシュマは驚きと憤《いきどお》りに満ちた目で俺を睨み下ろす。

「逃げたのはお前じゃないか。砂漠に出たのも、俺から逃げる為なんだろう。そんな無茶をするくらい、お前は俺を嫌っているんだろう！」

「嫌ってなんかない」

確かに嫌いだって、何度となく言ったけど、それが本当のはずがない。

王子様に会いたいと思っていなければ、日本から遥か離れたこの国まで来たりしない。

たとえそれが、十年間片思いを続けた相手に結婚のお祝いを告げに行く旅だとしても。

「だけど、イシュマは俺のこと、騙したじゃないか。もう知ってるんだから。イシュマが嘘ついたの、俺は知ってる。解錠番号を教えるの、無理強いはしないって言ったのに、俺に内緒でケースをこじ開けようとしたじゃないか。あの街だって——一緒に行こうって言ったのに、もうこの世に存在しないんだ。イシュマの言うことはもう信用しない！」

必死で言い募るうちに、だんだん頭に血が上って興奮してくる。

もう自分じゃ制御出来ない。

だけど、それで構わないと思った。

言ってやるんだ。どうせ、もういらないって言われるなら。我慢なんかしなくていいんだ。

「イシュマはいつも俺の気持ちなんか考えてくれない。十年前だってそうだった。ずっと俺のことをいじめて、からかって、突然いなくなって二度と連絡なんかくれなかった。イシュマは俺のことなんて忘れてた…全部分かってるんだから‼」

突き飛ばそうとして、抱き竦められる。それをまた振り払おうとして揉《も》み合って、埒《らち》が明かないと思ったのか、イシュマはいきなり俺の足を払った。俺は泉のほとりに転がる。

「何するんだよっ！」

「くそ……！　何故分からない。お前のことが好きだと何度言ったら分かるんだ！」

イシュマは俺の肩を掴んで、そう叫んだ。その強さに圧倒されて、俺はさざなみに髪を濡らしながら言葉をなくす。

「母上が平民の出だったことで、俺が生まれてから王宮は世継ぎの問題で論議が絶えなかった。俺が王宮に入る計画は、政敵の目を欺《あざむ》く為に極秘裏に進められて俺自身も知らなかった。

王宮での生活が始まってからも、正式な地位が確定するまで俺の行動にはすべて規制が伴って、自由など与えられない。そんな状況で何故お前に連絡など出来る」

言葉にならない悔しさを表すように、拳《こぶし》で水際を叩く。細かな飛沫が飛び散って、俺の頬を濡らす。

「父上が、俺を正式な後継者と定めるまで、誰も俺には笑いかけなかった。命さえ狙われた王宮にいて、お前のことをどれだけ懐かしんだか、恋しかったか、お前だって知りはしないんだ」

俺を組み伏せるイシュマの瞳は、怒りの為に怖いくらいに冴え渡っていた。俺はその激情の証から、目が逸らせない。

「やっと皇太子になって自由に行動が出来るようになったら、お前はとっくに日本に帰った後だ。どれほど自分の無力を悔やんだか知れない。俺に力がなかったからこんなことになったんだ。だから、俺は……自分が持つすべての権力をもって、お前を束縛しようと思った。どんなに馬鹿げていてもいい。一生お前を失わない、強力な繋がりが欲しかった」

「結婚」はこの国で、最も拘束力が強い関係を成立させる。イシュマは俺を花嫁にするという悪ふざけをしていたのではなくて——本当に、ただ俺と一緒にいたかっただけなんだ。

街が消えたことを黙っていたのも、俺を外に連れ出した間にケースをこじ開けようとしたのも、全部俺を手に入れる為の手段だった。

俺を騙す、悪いことだと思ったけれど、他に手段がなかったと、イシュマは苦しそうに告白した。

「愛してる。頼む、お前だけなんだ。王子という身分が誤解を招くなら、今すぐにでも捨ててやる。お前以外に欲しいものなどない」

イシュマは強く俺を抱き締めた。額を俺の胸に押し付ける様子は、まるで捨てられまいと縋り付いているみたいだ。

ナイジェルが言ってた。

イシュマには、俺と一緒に過ごした時間だけが、唯一優しい記憶なんだろうって。あれは、きっと本当なんだ。

俺はどうしていいか分からなくて、体の上に圧し掛かるイシュマの髪に触れてみる。

逃げないから、と俺は訴えた。

「もう逃げないから…指輪のケース、開けて」

イシュマはゆっくりと体を起こす。そして、さっき俺が投げ渡したケースを取り出した。

告白した解錠番号に従ってケースの蓋を開け、イシュマは不思議そうに俺を見た。

「本物の指輪は、地下の倉庫に置いてある俺の荷物の中に入ってる。ガーゼに包んで、ちゃんと傷付かないようにしてある」

イシュマが驚くのは当然だった。ケースの中に入っているのは、赤い硝子《ガラス》玉がはまったおもちゃの指輪だ。

「どうしてそんなことを？　この指輪は何だ」

「それは、イシュマがくれた指輪だよ。十年前に」

それを聞いて、イシュマも思い出したようだ。砂もぐらのことは憶えていたみたいだから、決して忘れていた訳ではないんだろう。

イシュマが捕まえた砂もぐらは本当に怖くて、本気で怯えた俺は翌日熱を出してしまった。そうしたら、イシュマがこの指輪をくれたのだ。

ちょうど、その前日に国王様と王妃様のご成婚の様子がテレビで再放送されていた。イシュマはきっとその真似をしたんだろう。そして俺は、イシュマがくれたそのおもちゃの指輪がすごく嬉しかった。結婚なんて概念をまだ知らなかった頃だけど、神殿で王様から贈られた指輪を左手の薬指にはめて、王妃様はとても幸福そうだったからだ。

「……こんなものを、まだ持っていたのか」

「『こんなもの』じゃない。俺には、宝物だったんだ」

俺はケースから指輪を取り出す。十年間、俺の一番の宝物だった指輪だ。

「多分、子供の頃から好きだった。だからいじめられても、泣かされてもずっとイシュマと一緒に遊んだ。イシュマのこと、大好きだった」

子供の頃から、並々ならぬ誇りを青い目に顕していた王子様に、俺はすっかり魅了されていたんだ。十年間、離れていてもその気持ちは消えなかった。

だから、イシュマが結婚するから、その為に指輪を造って欲しいと俺の父親に打診してきた時、とても悲しかった。そして平然と、俺にそれを届けに来いと命令したイシュマにショックを受けた。

イシュマは他の誰かと結婚する。他の誰かを愛していて、俺のことなんて何とも思ってない。せいぜい、相も変わらず言いなりになる気弱な幼馴染だと考えているんだと思った。

それでも俺が結婚指輪を届けに来いというイシュマの命令を受けて立ったのは、イシュマを忘れる為だ。

イシュマに結婚指輪を手渡そう。そしておめでとうと言おう。そうしたら、十年越しの片思いに決着がつくから。俺はそう思って、飛行機に乗った。奔放で大胆で、誰よりも誇り高い。そんな王子様に、十年も片思いした、愚かな自分を捨ててしまう為に。

「だけど、日本を出る前日になっても、どうしても思い切れなくて……だから指輪をすり替えたんだ。俺には他に、出来ることなんて何もなかったから」

幸い解錠番号を知っているのは俺一人で、そんな悪戯をする隙があった。もちろんラハディールに着いたら、すぐに元に戻すつもりだったけど、俺が貰ったおもちゃの指輪を結婚指輪として扱っている間だけは、俺はイシュマとすごく近くにいられるような気がした。女々しくて自分でも笑ってしまうくらいだけど、俺は本当に、イシュマのことが好きだったから。

それなのに、この国に来るなりいきなり攫われて、お前を花嫁にするからとお城に閉じ込められた。そのことを、イシュマも俺を忘れずにいてくれた、俺のことを好きでいてくれたと、単純に喜ぶことが出来るはずもない。

俺の悲しい気持ちを、イシュマはまるで顧みてはくれない。滅茶苦茶な扱いは、イシュマが俺なんて暇つぶしのおもちゃ程度にしか思っていない証だと思えた。

イシュマはケースに入っていたおもちゃの指輪を眺めている。やがて立ち上がり、俺を起き上がらせる。ゆっくりと膝を折って地面に跪いた。

「すまなかった」

「……イシュマ……」

「馬鹿だな、俺は。お前を誰にも見せたくないからと空港で攫うように命じたり、絶対に逃げられないよう閉じ込めたり。つまらない小細工をせず、最初からただ愛してるとだけ言えば良かったのか?」

俺は狼狽して、その場に立ち竦んだ。

いずれ頭上に煌びやかな王冠を頂く王子様が、最上級の拝礼で俺に許しを請うている。

指輪は丁寧に俺の左手の薬指にはめられ、指先にそっと、口付けられた。

「この指輪と我が王国に誓う。俺が愛するのは永遠にお前一人だ」

その言葉を聞いて泣き出しそうになる俺を、真摯な青い瞳が見上げている。

ここは神殿ではなく、永久の愛を誓う真っ白な衣装もない。あるのはただおもちゃの指輪だけ。だけど、俺がずっと夢見ていた言葉に、イシュマはちゃんと気付いてくれたから。

そんなイシュマに返す気持ちは、俺にはたった一つしかない。

「……ルビーの指輪なんかいらない。俺は、この指輪を一生大事にするから」

散々泣いて、まだ頬が涙で濡れていることにはにかみながら、俺はイシュマに微笑みかける。不器用な言葉で、一生懸命自分の気持ちを伝えた。

「イシュマのことが、大好きだよ」


砂漠の淵が、金色に染まる。

泉のほとり、花の甘い香りが漂う中、俺たちは抱き合っている。この世の果ての楽園で、禁断の果物を貪るみたいに。

「小鳥」

「……ん、あ…………っ」

唇で、ずっと俺の震えている性器を愛撫していたイシュマが、少し擦れた声で俺を呼ぶ。

俺は快感に身悶えしながらイシュマに応えようと、無意識に艶やかな髪に触れた。

「あん、っん……………──」

たっぷりと性器を蕩かせる唾液は、長い部分を伝って一番奥へ流れ込み、イシュマを受け入れる場所を潤ませている。

今は丁寧な愛撫より、うんと高い熱が欲しくて、俺は欲情して潤んだ瞳でイシュマを見上げ、次の行為をねだった。

「……イシュマ、……………」

待ち切れない。少し腰を揺らして、お願い、と懇願すると、イシュマは無言で微笑んだ。

足が大きく開けられ、抱えられる。散々愛撫された体を、イシュマが真っ直ぐに貫く。

「あ、ああ…………んっ」

恋人の熱に穿《うが》たれて、俺はまだ呼吸も整わず、ひくひくと痙攣しているのに、イシュマは息つく暇も与えてくれない。

「やん……ああっ、あぅ……！」

イシュマが腰を使うたびに、俺は体をいっぱいに仰け反らせて甘い声を上げ続ける。

心が開いた直後の体は、恥ずかしいくらいに素直だった。すっかり大きくなった性器は、透明な涎をいくらでも垂らして、絡み付くイシュマの指を濡らしてしまう。

「……ん、イシュマ…………っ」

「可愛いな…こんなに濡れて」

「………ぁ……あぁ……！」

どこもかしこも繋がりたいから、唇を深く重ねて、お互いの舌を蕩かせあう。くちゅ、くちゅ、と、濡れた音が、唇と下半身とで同時に聞こえる。

「イシュマ、イシュマ、もっと………」

俺たちは、夢中でお互いを貪りあった。

相手が欲しくて欲しくて狂おしい程の気持ちになる。

「あ………っあぁ……、んあぁ……！」

一番奥まで押し入れられて、気持ちいいところを突かれるたびに、そこがきゅうっと窄まる。

内部の蕩けた襞を引き出される感じに、俺は甘い声を上げて身悶えてしまう。腰ががくがく揺れて、一生懸命イシュマにしがみ付く。

「……小鳥」

絶頂と名前を呼ばれたのは同時で、骨が砕けそうになる程、抱き竦められた。

「小鳥………愛してる」

濃厚な蜜が肌に纏わり付くような、甘い余韻の中で、口付けを交わす。

これは誓いのキス。

俺のたった一人の王子様。俺たちは荘厳な朝陽の中で、何度もキスを交わした。

月と薔薇の秘密

澄んだ泉に足を浸すと、ひんやりとして心地いい。

岩の間から湧《わ》き出る水を手の平ですくい上げ、空に放り投げてみた。飛び散った水滴がきらきらと太陽の強烈な光を反射する。

きれい。空から宝石が零《こぼ》れて来たみたいだ。

イシュマはジープを停めた常緑樹の木陰に座り、泉で遊ぶ俺《おれ》を眺めている。

「小鳥《ことり》、あまり深みに行くなよ」

「湧き水が冷たくて気持ちいいんだ。そんなに深くないから平気だよ」

「俺から離れるなと言ってるんだ。せっかく二人きりになれたのに、そんなに遠くにいたんじゃ面白くないだろう」

さっさとこっちに戻って来い、と命令するイシュマに、俺は呆《あき》れて肩を竦《すく》めた。夏以来、四ヶ月ぶりの再会なのに、王子様の横柄なこととといったら相変わらずだ。

高校が冬期休暇に入り、俺がこのラハディール王国の宮殿を再訪したのは、昨日の真昼のことだった。

それなのに、イシュマは相変わらず公務に多忙で、再会の挨拶《あいさつ》さえろくに出来ない慌しさだ。真夜中になっても俺は居室に一人きりで、旅の疲れもあってイシュマが戻る前にすっかり眠り込んでしまった。

そして今朝、宮殿にいるとなかなか二人きりになれないと怒り出したイシュマは、衛兵たちを振切り、俺をジープにひっさらって砂漠に出た。そして、二人きりでこのオアシスにやって来たのだ。

四ヶ月前に、朝陽の中で気持ちを交わし合ったオアシスだ。

あの時のことを思うと未《いま》だに気恥ずかしいし、十年来の片思いが実ったことが信じ難いけど。俺は左手の薬指に、ちゃんと赤い指輪をはめている。

金色にコーティングされたプラスティックのリングに、赤い硝子玉《カラス》がはめられたおもちゃの指輪だ。

本物のルビーの結婚指輪は、ちゃんと指輪ケースに入れて、イシュマの居室の金庫に入れてある。俺が日本にいる間も、ずっとそこで保管しておいて貰った。あれはもう俺のものだから、いつでも身に着けておけとイシュマは言うけど、その価値を考えれば到底気軽に扱えるようなものじゃない。

それに万一、俺があんなに大きなルビーの指輪をはめていることを誰かに見咎《みとが》められたら、俺とイシュマの関係が明るみになってしまってあまり都合が良くないと思う。

ハヴァシェリ＝シャライード・イシュマ・エル・ラハディール。イシュマはこのラハディール王国の第一王子だ。すでに国政にも関わる、端麗《たんれい》な容姿の王位第一継承者。

そして、イシュマが俺に贈ってくれた大きなルビーの指輪は、王子の正妃である『花嫁』の証《あかし》だ。

それを貰《もら》い受けたのが、日本人の一介の高校生、しかも男と分かったらきっと大変な騒ぎになる。普段から注目を受けているイシュマはそんなことに少しも臆さず、俺を『花嫁』にしたことが王様にでも議会にでもばれて構わないと大胆に考えているけど、あくまで庶民の俺は、巻き起こるであろう騒動を思うと何だか怖気《おじけ》付《づ》いてしまう。

俺のそんな気持ちにイシュマも一応の理解を示してくれている。皇太子が思い人に指輪を贈ったことは公表したが、『花嫁』の正体は完全に伏せている。方々からの追跡も、飄々《ひょうひょう》と躱しているらしい。

何より、俺達はもう、オアシスで永遠の愛を誓っている。この国では婚姻には神殿での儀式が必要とされているけど、今更誰かの同意など必要ないとイシュマは考えてくれている。

「飛行機での疲れはもうとれたか？」

泉から出て、俺はイシュマの隣に座る。オアシスを包み込むしっとりとした空気が気持ちいい。すぐ傍《そば》には濃い緑が茂り、ジャスミンに似た白い花が馥郁《ふくいく》とした香りを漂わせている。

「うん。昨日ベッドでゆっくり眠れたから」

「そうか、それは良かった」

立てた片膝《かたひざ》に頬杖《ほおづえ》をつき、イシュマはそのままじっと俺の背後を見つめている。俺は不思議に思って首を傾げた。

「俺の後ろ、なんか気になる？」

「その花の茂みに珍しい生き物がいるので、観察してる」

「珍しい生き物？」

「しい。動くなよ」

イシュマが真剣な顔でこちらに指を伸ばしたので、俺も固唾《かたず》を飲んでその行方《ゆくえ》を追った。

砂漠の珍しい生き物が、白い花の向こうに隠れてるんだろうか。それをイシュマが捕まえようとしているのだとばかり思った。

しかし花に向かって伸ばされた手は、ぱっと翻ると、俺の腰をさらって抱き竦めてしまう。

「はは。相変わらず単純だな、お前は」

大笑いするイシュマに、ひょいと膝の上に抱え上げられてしまった。

「な、何するんだよっ！」

「東洋から来た、世にも珍しい、可愛らしい小鳥を捕まえた。このまま宮殿に連れ帰って鳥籠に閉じ込めておこう」

「ちょっと、ふざけんなよ……っ！」

「その前に……少しそのさえずりを聞いておこうか」

からかわれて、唇を重ねられる。

「…………んっ」

俺はイシュマの膝の上で、体を竦ませた。四ヶ月ぶりのキス。

昨日は、結局朝まで手を繋《つな》いで同じベッドで眠っただけだ。久しぶりに会えたから、ただ肌を寄せ合うだけでもとても嬉《うれ》しいと思ったけど、今こうして指を絡め合ってキスしてみると――

それだけでは、やっぱりどうしても物足りない。

「……イシュマ……」

蕩《とろ》けた唇をいったん離して見つめ合うと、それまで傲岸不遜《ごうがんふそん》だった王子様は、ふと切なく目を細めた。

「寂しかったか？　俺と離れてる四ヶ月の間」

「…………」

「寂しかったかと、聞いてるんだ」

「あ、ん………ぁ、っ！」

返事を促すように、耳たぶを甘噛《あまが》みされた。答えなんか、わざわざ聞かなくても分かっている癖に、際どい悪戯《いたずら》を仕掛けてくる。

「もおー……っ！」

長い腕の中で体を捩《よじ》り、俺は真っ赤になってイシュマを睨《にら》み付けた。だけど、青い瞳《ひとみ》に真っ直ぐに見つめられると、恨《うら》みがましさは溶けて消えてしまう。

四ヶ月前、俺がラハディールから日本に帰国する時、イシュマはとても不満そうだった。

思いが通じ合ったんだから、もうずっとラハディールにいればいい、そう主張して聞かなかった。

だけど、俺にはまだ学校があるし、家族は日本にいる。王子様のイシュマには些細なことかもしれないけど、俺にも自分の国で大切にしている日常がある。イシュマのことは大好きだけど、それはやっぱり、すぐには手放せないものだ。

『学校が次の長期休暇に入ったら、必ずすぐに帰って来るから』

そう約束して、日本に帰る飛行機に乗った。

だけど、そんな約束をより強く悔やんだのは、イシュマよりきっと俺の方だった。

「……さびしかった……」

俺はイシュマの肩に額を擦《こす》り付けた。寂しかった。会いたかった。

学校で友達と騒いでいても、家にいても、いつでもイシュマのことを考えていた。

パソコンだって携帯電話だってある。声を聞こうと思えば聞けるし、姿を見ようと思えば見られる。だけど、素肌で触れ合えないことは実際の距離以上にこの砂漠の国を遠いものに感じさせた。

日本からこの国に旅立つ二週間も前から荷造りを始めて、久しぶりに本物のイシュマに会えるんだと嬉しくてたまらなかった。

男なのに、ただの庶民なのに。異国の王子様の『花嫁』でいるなんて、非常識でめちゃくちゃな立場は、小心者の俺には受け入れがたいもののはずなのに。それでもこうしてイシュマの傍に帰って来たのは――ただ、イシュマのことが好きだから。

「ずっと、会いたかった……」

「俺もだ。正直、何回日本までお前をさらいに行こうと思ったか分からない。分別のある振りでお前を送り出したことを、何度も後悔した」

イシュマは俺をゆっくりと、緑の茂る柔らかい草の上に押し倒した。

季節は一応冬にあたるが、常春の国と言われるラハディールは、緯度の割に一年中暖かくて冷え込むことはない。特にこのオアシスは地下温水の真上にあるので、地熱が高くて、肌に纏《まと》わり付く空気は熱い程だ。

その熱に煽《あお》られたみたいに、イシュマは性急だった。俺が着ていたシャツのボタンを外し、肌が露《あらわ》になるそばから唇で触れる。

イシュマの大胆さに驚いて、俺は頭だけ起こしてイシュマを押し留める。

「こ、ここで、今、するの……？」

「夜まで待てない。何の為に二人きりになったと思ってるんだ」

「だけど、もうそろそろ帰らなきゃいけないんじゃないの？　イシュマ、仕事を放り出して来たんでしょう？」

「お前はそんなことは気にしなくていい」

「――でも」

しい、と俺の唇を指先でふさぐ。

「お前は俺の傍で、俺のことだけを考えていればいいんだ」

唇が重ねられ、濡《ぬ》れた感触に肩がおののく。俺の首筋に、胸元に口付け、イシュマはあっという間に、俺の下半身をむき出しにしてしまった。

「……あ、ま、……って……！」

四ヶ月のブランクを、いきなり青空の下で埋めるのはやっぱり恥ずかしいのに。イシュマの手の平は躊躇《ためら》うことなく、俺の足の間をさぐっている。熱っぽい指先がやや忙しなく、探り当てたそこに押し当てられる。

「……ん、……あ……っ」

丸い襞《ひだ》を何度かなぞられて、俺はつい眉根《まゆね》を寄せる。イシュマはそれを宥《なだ》めるように、俺の額に口付けた。

「多少の無茶は許せよ。せっかく思いが通じたのに、また四ヶ月もお預けを食らった」

「ん……っ！」

俺が息を吐くのに合わせて、唾液を塗《まぶ》した指が少しだけ潜り込んだ。久しぶりの異物感に、かすれた悲鳴が漏れ、背中が大きく反り返った。

「……つらいか？」

「うん――、ん……」

大丈夫、と俺はたどたどしく答えた。息を詰め、全神経を少しずつ押し入ってくる指先に集中させる。やがて根元まで収められ、ゆるゆると、出し入れが始まる。

「……ん、ぁ――……っあ……！」

感じやすい粘膜を何度も擦られると、まるで火を灯されたかのように、体の奥がかあっと熱くなった。狭い場所が、イシュマの熱に馴染《なじ》んで蕩け始めていく。

「……ああ……あ、ん……っ」

後ろへの甘い刺激に、俺の性器はすっかり立ち上がっていた。とろとろと溢《あふ》れ出た先走りは、滴《したた》り落ちてイシュマの指を咥《くわ》え込んでいる内奥を潤《うるお》わせる。イシュマはその淫《みだ》らな様子を、満足そうに見下ろしている。

「相変わらず可愛いな。どこもかしこもこんなに小さいのに、お前は本当に感じやすい」

「……わないで…っ」

やがて、解されているそこがくちゅくちゅと音を立て始めると、欲しがっているのが自分ばかりみたいで、身の置き所がないくらい恥ずかしい。最初は、野外でこんなことするなんて、と抵抗さえしていたのに。

「……ん、ああ……っ」

指が増やされ、その動きもだんだん早くなる。胸の先端を軽く甘噛みされると、細い快感が汗ばんだ肌を走り抜ける。体のあちこちに色んな愛撫《あいぶ》を施されて、一気には受け止められない濃厚な感覚に、俺は汗びっしょりになって呼吸を喘《あえ》がせた。

不意に、イシュマが手を止めた。そのまま、じっと動かない。不審に思って目を開けると、俺を見下ろすイシュマはどうしてか微笑していた。

「……な、に……？」

俺はおどおどと尋ねた。俺の反応が拙《つたな》いので、つまらないのだろうかと不安になったが、イシュマは俺の中で指をくの字に折り曲げる。指先が感じる凝りをかすめて、びくんと腰が跳ねる。

「や………っ、そんなの、したらダメっ……！」

「お前が慣れないで苦しがっていると、苛《いじ》めているようでつらいが、これが四ヶ月間お前が浮気をしなかった証拠だと思うと、それはそれで嬉しい」

「…ば、……つか――……！」

「まったくだ。自分でもそう思う」

王子様の自嘲《じちょう》と共に、狭い器官を解していた指が引き抜かれた。そして、イシュマの欲望が押し当てられる。怖気付いてつい退けた腰は、やや荒々しく引き戻される。

「あ…、く……！」

「………愛してる」

強い風の中に放り込まれる、一瞬の緊張の後で、俺はイシュマに貫かれた。

「……あ……、あああぁ………っ——！」

高々と掲げられ、大きく開いていた足が、衝撃に細かく痙攣《けいれん》した。

四ヶ月ぶりの、恋人の熱。中東の国の日差しよりもいっそう熱く感じられる。触れ合う場所から一つに溶けていきそうだ。

「……う、んっ……、ああ……！」

俺の反応を見ながら、イシュマはゆっくりと腰を使った。熱く大きな塊に内奥をえぐられて、最初はただ啜《すす》り泣きみたいな声を上げるしか出来なかったが、だんだん、それが甘えたように尾を引き始める。

「あ……っ、あ、はぁ………」

内壁が、イシュマを歓迎して悦んで貰おうと蠢《うごめ》いている。突かれる度にもっと奥まで、と誘い込んでいるのが分かる。

それがとても恥ずかしいのに、体重をかけられ、体をいっそう深く折り畳まれた。接合がいっぱいいっぱいまで深くなる。好き放題に翻弄《ほんろう》され、よりいっそう淫らにさせられる。

「や、ん………っ！　ああっ、……あ、ん！」

イシュマの律動が、脳天までずうんと響く。逃げることも出来ず、甘い衝撃をあますところなくすべて受け止めさせられ、俺は悲鳴を上げ、身悶え続ける。

「……ふ、あ……っ！　ああ………、ん……！」

「……小鳥」

愛しそうに、イシュマが俺の名前を呼ぶ。

仰《の》け反《ぞ》った喉にキスされて、強く強く抱き締められる。

——会いたかった。

どんなに言葉を尽くしても、きっと伝えきれない。会えない寂しさと、ようやく触れ合える幸福を俺達は夢中で交わし合う。

甘い花の香りに誘われて、白い蝶々《ちょうちょう》がひらひらと飛んでいた。

風が砂に風紋を刻む、さらさらという音が聞こえた。まるで誰かの囁《ささや》き声のように、熱っぽくて優しい。

俺はぼんやりと、目を擦った。

木にもたれて座るイシュマは、何もなかったようにきちんと居住まいを正して本を読んでいる。

俺は、草の上に放り出されたイシュマの長い足に頭を置いて、裸の肩にシャツをかけて眠り込んでいた。

久しぶりに交わす行為の強烈さに、失神して、そのまま眠っていたらしい。

「まだ眠っていろ。陽が落ちたら起こしてやる」

「んー……」

大きな手の平が、優しくまぶたを覆ってくれる。あったかい。

俺は満ち足りた気持ちで体を丸め、イシュマの膝に頬っぺたを擦り付けた。髪を撫でられ、その心地良さにまたとろとろとうたた寝を始めた途端、地響きのような低い音が聞こえた。

自動車のエンジンだ。

「……何……?」

驚いて頭を起こすと、遙《はる》か彼方《かなた》の王宮の方角から軍用ジープが三台、連なって砂煙を上げているのが見えた。このオアシスに近付いている。乗ってるのは、軍服を着た皇太子府の衛兵達だ。

イシュマを認めるなり、全員が最敬礼してみせる。イシュマは高貴な身分には不似合いに、少し行儀悪く舌打をした。

「くそ、ナイジェルの奴、俺の服のどこかに発信機を付けてるな。お前を連れて仕事を抜け出るのを先読みしてたらしい」

俺はぎょっとして飛び起きてしまった。

「ナイジェルにまで黙って出て来たの⁉　そんなの心配して追い掛けて来るの当たり前じゃないか！」

「そうでもしないといつまで経《た》ってもお前と二人きりになれない。シンデレラでも夜中の十二時まで自由が許されるのに、どうして俺が日中にお前と遊ぶのを咎められなければならないんだ」

王子様がおとぎ話のお姫様に本気で嫉妬《しっと》しているのを、俺は呆れて聞いていた。


宮殿の居室に戻ると、ナイジェルがイシュマの帰りを待ち受けていた。

「お帰りなさいませ、王子。どこに行かれたのかと心配申し上げました」

碧《みどり》の瞳を冴《さ》え渡らせて微笑するナイジェルを、イシュマは憮然とした顔で一睨みする。その指先に挟んでいるのは、イシュマが着ているシャツの袖に付いていた薄い発信機だ。

「野暮《やぼ》な奴だ。こんなものを使ってまで、俺と小鳥の逢瀬《おうせ》を邪魔したいか」

四ヶ月ぶりなんだぞ、と発信機を床に放り投げる。ナイジェルは恭《うやうや》しく頭を下げた。

「どうぞご容赦を。出来れば私も無粋《ぶすい》な真似《まね》はしたくありませんが、王子のご公務遂行の補佐は私の使命です。小鳥様とのお時間を過ごされたいのでしたら、ご公務を終わらせてからの方がよろしいかと」

「ユージィンが帰って来てるんだろう。あいつで代わりがきく仕事もあるはずだ。どうせ書庫に篭《こも》って本を読んでるなら、引っ張り出してこき使えばいい」

「ユージィン様はこちらには休暇で戻られたのであって、イシュマ様がご公務をサボタージュされる為に戻られた訳ではありません」

ナイジェルに淡々と言い負かされて、面白くなさそうなイシュマの周囲を、衣装箱を抱えて室内に現れた女官たちが取り巻く。シャツとジーンズという軽装から、王宮内での正装へ衣装替えをするのだ。

「今日のこれからの予定は？」

「本日は、午後一時から軍部学校の卒業授与式に参列、祝辞・優秀者へ褒章を授与されます。式典が終了次第、中央国事議堂にて国王陛下ご列席の下、サヴァードでの外交新法改正案のご裁可をいただきます」

「改正案の草稿をすぐに俺の手元に届けさせろ。父上の御前で、改正を聞いた聞かぬの押し問答になってはかなわん」

「かしこまりました。国事議堂へ入堂されるご様子を取材したいと英国のテレビクルーからの申し込みがありましたが、いかがしましょうか」

「いいだろう。それも仕事だ、予定は据え置け。それより、南方の国境警備隊から違法封鎖についての報告はまだないのか。正式な命令を下して一週間になる。至急、返事を要請しろ」

十八歳の日常会話とは到底思えない、ものものしい単語が飛び交う。

アラビア建築独特の、青を基調としたモザイクタイルの床は花びらがしきつめられているみたいに鮮やかだ。開け放たれた扉の向こうの回廊にはアーチが幾重《いくえ》にも連なり、天窓から真っ直ぐに金色の日差しが差し込んでいる。

優雅で荘厳な光景を背に、やがて正装を纏った完璧な王子様が現れた。

白絹の長衣《トウブ》に黒のローブ《ミシュラフ》は、伝統的なハイカラーで足元まで金糸の刺繍《ししゅう》で縁取りがされている。指輪などの装飾品はプラチナにサファイアがはめ込まれている。居室の装飾も衣装も、すべてイシュマの瞳の色に合わせてあるのだ。

俺は人前ではイシュマの幼馴染の外国人に過ぎないので、二人きりでない時は衛兵たちの邪魔にならないように傍に近付くのは遠慮しているが、部屋の隅から見ているだけでも四ヶ月前の正装とは違う箇所があることに気付いた。

「……ピアスが、一つ増えてる」

俺はぽつんと呟《つぶや》いた。

イシュマの耳を飾るピアスに、一際豪華なサファイアを見付けたのだ。

この国では身分が高ければ高い程、たくさん装飾品を身に着けることが決まりになっているので、以前からイシュマはたくさんの宝飾品を身に着けていた。だけど、あんな大きなサファイアのピアスを見るのは初めてだ。

　俺の呟きが聞こえたのか、ナイジェルが答えてくれる。

「昨月、国王より賜《たまわ》ったサファイアのピアスです。イシュマ様が皇太子府で指揮を執り、御自ら推進されている緑化政策についての功績が広く認められた証です」

「イシュマは偉くなったの？」

「俺はもともと偉いんだ。それにサファイア二つ分の価値が付いた。大したことじゃない」

　イシュマはつまらないことのように言うけど、王様から直接宝石を貰うなんて大変なことなんじゃないだろうか。強固な王政が敷かれているこの国で、王様の権威といったら絶大なものだ。イシュマの存在は国の内外でとても華やかなものだが、賢王と言われるお父さんからも将来の活躍を強く期待されているんだ。

　だけど、イシュマは、自分の立場や政治のことになると、俺には何も話してくれなくなる。

「小鳥」

　やがて公務へ向かうイシュマは、時間が急いているにもかかわらず、俺に歩み寄った。

「イシュマ様、お急ぎを」

「ああ、分かってる。すぐに行く」

　イシュマはナイジェルに答え、俺の手を取る。青い瞳は名残惜《なごり》しそうに俺を見つめている。

「小鳥、これからまた仕事に出る。退屈させるが許してくれ」

「ううん。お仕事、頑張っておいでね」

何年も王子様をやって来て、今更、仕事を頑張れ、と言われることがイシュマには何となくおかしかったようだ。微笑しながら、指先に軽くキスをくれた。

それから、俺が左手の薬指にはめているおもちゃの指輪に目を留めて、少し不満そうに眉根を寄せる。

「お前、あっちの指輪は着けないのか？」

もちろん、金庫にしまってある『花嫁』の為の指輪だ。宝石職人である俺の父親に造らせた豪華なルビーの指輪を俺が身に着けていないことが本当に不服なようだ。服装も、シャツやジーンズじゃなくて、この国の正装をして欲しいらしい。

「なんか着けるのがおっかなくて。失くしたら大変だもん」

「あれはお前にやったものだ。それほど慎重になる必要はない」

「そんなに気楽になれないよ。それに、このおもちゃの指輪も俺にはルビーの指輪と同じくらい大切だから」

おもちゃだけど、子供の頃《ころ》の思い出がいっぱいに詰まった指輪と、大人になったイシュマが贈ってくれた『花嫁』の指輪。

「どっちを着けてても、同じくらい嬉しいよ。同じくらい大切だよ」

「……可愛いことを言うな」

俺の発言は思いも寄らずイシュマを喜ばせたようだ。さっきまでの厳しい表情はどこへやら、蕩ける様な笑顔を見せる。それから、何かを思い出したように、そうだ、と呟いた。

「今夜の夕食は、特別な料理を用意させてある」

「特別な夕食？」

「そうだ。一人、客を招くことになってる。お前に会わせて、ぜひ紹介したい。きっとお前も気に入るはずだ。お前にも特別な衣装を用意してある。着替えを済ませて待っていてくれ」

それからごくさり気ない仕草で顔を寄せると、ローブの裾でナイジェルや衛兵たちの視線を遮《さえぎ》り、唇で触れるだけのキスをくれた。

「名残惜しいが、行って来る」

頰を赤くした俺に鮮やかな笑みを残し、イシュマは衛兵を従え、居室を出て行った。

「だから、とにかくこんなのは絶対にヘンですっ！」

イシュマの居室のサンルームで、俺は地団太を踏んでナイジェルに抗議していた。ナイジェルはローブの袖に両手を隠し、背筋を伸ばしたごく淡然とした様子で俺を見ている。

「そう興奮されずに。とてもお似合いですよ、イシュマ様もきっとお喜びになります」

「似合わなくてもいいんですっ！　俺はこういう格好は大嫌いなんです‼」

この宮殿にいると、困惑することがいくつもある。

俺自身のことなのに、俺の意思よりもっと優先されるものがあるのだ。まずはイシュマの好みとか。それから、王宮の仕来りとか、難しそうな因習とか。

さっき、イシュマが出かけた後、俺はナイジェルから湯殿を使うように言われた。薔薇園《ばらえん》に囲まれた大理石の湯殿は大き過ぎて、豪華過ぎて、何となく落ち着かないけど汗を流すとさっぱりした。

ところがお湯を出た途端、女官たちに囲まれて衣装の着付けをされてしまったのだ。

体の線が透き通りそうな程、薄い紗《しゃ》の長衣を裸にじかに着せられて、その上に羽織るローブは、裾が足首まで伸びたベストの形をしている。小花が散った水色の織物で、やや硬い布地のふちには銀糸でラハディール王国の紋章がぎっしりと刺繍されている。

銀細工のベルトで胸の真下を締め上げられているから平坦な体型がごまかされてるけど、こんな豪奢な衣装をぺちゃんこの体で着たってみっともないだけだ。

四ヶ月前にこの国に来た時、俺はイシュマのこの居室に閉じ込められてしまっていた。指輪ケースの解錠番号について揉《も》めていたのだ。その時も、イシュマは何だかんだと俺に女の子の衣装を着せたがった。俺があんまり貧相だから、せめてひらひらの衣装で着飾りたいのは分かるけど、俺自身の意思を無視されるとやっぱり頭に来る。

俺は衣装を脱ごうと銀のベルトをしゃにむに引っ張った。こんな衣装、脱ぎ方だってよく分からない。

「早くシャツとジーンズを返して下さい。自分が着る物のことであれこれ命令されるのはイヤです」

「困りましたね。そう我儘《わがまま》を言われては。客人をお迎えになる時は、正装するのが我が国の仕来りです」

どこがどう我儘なんだ。俺は完全に不貞腐《ふてくさ》れたが、イシュマの有能な側近は、宗教画の天使みたいに清楚《せいそ》な容姿にもかかわらず、密やかな迫力を纏っている。イシュマさえ、ナイジェルには一目置いているのだ。俺をあしらうなんて造作もない。

「その衣装をお誂《あつら》えになったのはもちろんイシュマ様です。ご存知の通り、イシュマ様は非常にご多忙ですが、その合間を縫《ぬ》い、宝石商や布行商を呼んでは小鳥様にお似合いになるものをと厳選に厳選を重ねてお選びになられていました」

公務の息抜きに、俺のことを話しながら、それはそれは楽しそうだったと言われると、俺も言葉に詰まる。イシュマがどれだけ大変な生活をしてるか、俺だって知ってる。忙しい最中に俺のことを考えてくれたんだと思うと、やっぱり少し嬉しい。有りがた迷惑な女の子の衣装も、無下《むげ》には出来ない気がする。

「せっかくの結婚指輪も小鳥様があまりお着けになられないので、お気に召さなかったのかと非常に残念がっておられましたよ」

「……わかりました。じゃあ、ルビーの指輪は着けます。でも、女の子の格好をするのは絶対に嫌です」

指輪をはめることを承諾するのだって精一杯の譲歩のつもりだった。イシュマは今日の夕食にお客さんを呼ぶと言ってた。だから尚更、ルビーの指輪をはめるのは嫌だった。誰が来るのかまだ聞いていないけど、指輪を着けてるのを見られて『花嫁』だと知られると困る。

「小鳥様は大変な自信家でいらっしゃいますね」

大げさに感心したかのようなナイジェルの口調に、俺は一瞬まごついて顔を上げた。

「自信？」

「ここは宮中。イシュマ様の周りには、美しく着飾った貴族や高官の姫君たちが常に大勢出入りしています。イシュマ様がいつ誰にお心移ろいをされないとは限りません。それをジーンズにシャツだけのお姿でお引止めになられるとは、ご自身のお姿にずいぶんなご自信をお持ちだと思ったのですが」

思わぬ方向から攻められて、俺は声を失った。

「お、お姫様って……俺は、女の人たちと競争するつもりなんかないです」

「小鳥様がそのおつもりでも、イシュマ様がサファイアのピアスを賜ってご出世されたことは先程もお話した通りです。イシュマ様は現在、国王に一番近い場所にいる第一王位継承者。

小鳥様という正妃がいらっしゃっても、たとえ一夜限りの恋の相手であっても、イシュマ様のご寵愛《ちょうあい》を受けたいと考える女性は山とおりますよ」

「…………」

俺は激しく動揺した。王宮には相応《ふさわ》しくない、かなりみすぼらしい自分の格好は、ちゃんと自覚してるつもりだった。だけど、俺はイシュマの居室に入ったっきり、ほとんど外に出ていない。王宮内のことはまったく分からない。だから、自分が誰かと比較されることは、あまり意識していなかった。

「小鳥！」

その時、扉が派手に開かれて、イシュマが公務から帰って来た。

護衛を引き連れて居室に入って来て、俺の正装姿を見るや否や満面の笑みを見せる。いきなり高々と俺を抱き上げて、くるくるとその場を回り始めた。とにかく俺を振り回すのが大好きな王子様だ。

「思った通りだ。何て愛くるしいんだ。こんなに可愛い姫は俺はどこの国でも見たことがないぞ」

「もー！　下ろしてよ、目が回るってばーっ！」

手足をばたつかせて抗議したが、イシュマはまるで気にも留めていない。俺を腕に抱いたまま、満足そうに俺の全身を見つめている。

「色が白いから水色がよく似合う。まるで澄んだ水を纏った天使みたいだ。お前のこの姿を見ただけで、誰もがたちまち涼やかな気持ちになるだろう」

「あのね、確かに衣装は綺麗《きれい》だけど、俺、女の子の格好をするのは変だし嫌だよ。それに今日の夕食にお客さんが来るんでしょう？　指輪だってしてるし、俺がイシュマとどんな関係かばれたら困る」

「しかしお前があまりにも可愛過ぎると、少々都合が悪い気もするな。白絹のショールを持たせてもう少し肌を隠すか……」

うーん、としかめっ面で考え込む。イシュマはおおはしゃぎしていて、俺の話をちっとも聞いていない。

もう一度、きっちり抗議をしようと口を開いた俺は、そのまま黙ってしまった。扉の前に、正装した誰かが立っていることに気付いたからだ。ナイジェルでも衛兵でもない。今日の「お客様」を、イシュマはもう連れて来ていたのだ。

「……イシュマ？」

問いかけると、イシュマは思い出したように背後を振り返る。

「ああ、弟のユージィンだ。普段はアメリカに留学している。今は冬期休暇で帰国してるんだ」

「弟さん……？」

大家族になる国王一家の全員を知っている訳ではないけど、「ユージィン」というその名前は何度か聞いた気がする。そう言えば、イシュマもさっきその名前を出してナイジェルと話していた。イシュマの一歳年下、十七歳の弟君の名前だ。この国の第二王子。この人が今夜の「特別なお客様」らしい。

「ユージィン、これが小鳥だ。神殿での正式な婚儀は挙げていないが、永久の愛はもう誓った。俺の最愛の『花嫁』。指輪を渡した俺の妃だ。父上にもまだ会わせていないが、お前にだけは紹介しておきたい」

『花嫁』と紹介されて、俺は少し困惑してイシュマを見たが、イシュマは何も心配しなくていい、と目配せする。

「初めまして、小鳥様。兄上の麗《うるわ》しの『花嫁』にお会い出来るのを、とても楽しみにしておりました」

すらすらと日本語で挨拶をするユージィンは、俺を完全に女の子と思い込んでいるようだ。その場に片膝を突くと、丁寧《ていねい》に俺の手を取った。白いローブを着たユージィンは、異母兄弟ということだが、背格好も顔立ちもイシュマととても似ている。ただ、瞳の色は静謐《せいひつ》な黒で、イシュマが振り撒《ま》いている傲岸不遜な存在感も感じられない。

ユージィンは膝を突いたまま微笑《ほほえ》ましそうに、俺を見上げている。

「驚きました。とても小柄でお可愛らしい方なので。これまでの兄上のお好みとは、ずいぶ

ん――――」

「余計はことは言わなくていいぞ、ユージィン」

「――――失礼しました」

イシュマのこれまでの好み、とか何とか、聞き捨てならない言葉を聞いた気がするが、イシュマは俺を抱き上げたまま歩き出した。

「堅苦しい挨拶は抜きだ。まずはテラスで夕食にしよう。ナイジェル、始めさせてくれ」

傍に控えていたナイジェルが、俺達を宮殿が一望できるテラスへと導いた。

俺は四ヶ月ぶりの再訪、ユージィンが半年ぶりの帰国ということもあって、今日のメニューはこの国の王宮料理だそうだ。

一品一品が順番にテーブルに載せられるフランス料理なんかとは形式が違う。松明《たいまつ》が灯されたテラスに、厚手のペルシア絨毯《じゅうたん》が敷かれ、そこに柔らかく大きなクッションがいくつか配置されている。そこが宴席で、料理は贅《ぜい》を凝らされた肉料理や魚料理が次々に運びこまれては絨毯に直接並べられる。

俺は少しお酒が入った桃のジュースを飲みながら、白身魚を大きな葉で包んで焼いたものに舌つづみを打った。松明の焔《ほのお》が風が吹くたびに揺らめいて、幻想的な雰囲気にぼんやりしながら、イシュマとユージィンの会話を聞いている。

クッションにもたれて、片膝を立てるイシュマはとてもリラックスした様子で杯を重ねている。国政にちなんだ難しい言葉でも、他愛ない宮中の噂話《うわさ》でも、ユージィンは控えめながら滑らかに応じている。とても聡明そうだが、本当にこれが王子様かと思うくらい慎ましく、何だか欲も野心もなさそうだ。

イシュマとは正反対のタイプの王子様に興味を覚えた俺に気付いて、イシュマが水を向けてくれる。

「小鳥、ユージィンは昔から勉強家で読書家だった。大学もスキップ制度で入ったんだ」

俺はびっくりして目を見開いた。イシュマより一つ年下の十七歳なら、日本ではまだ高校生だ。

「十七歳で大学生なんて、すごいんだね。普段はどんな勉強をしてるの？」

「ユージィンはもう大学は終えて大学院にいる。十一歳でギラハドの国立大学に進んで、その後アメリカに渡った。学士号は三つも持ってる。もう立派な研究者だ」

自分も国政に必要な学問をいくつも修めているイシュマは、自分のこと以上に誇らしそうに語る。ユージィンははにかんだような笑顔を見せた。

「私には、三歳の時から十二人の家庭教師が付いていました。幼少期から英才教育を受ければ誰でもある程度の学力は身に付きます。国政を担う兄上と較《くら》べれば、それほど大したことではありません」

もちろん大変な謙遜《けんそん》だが、俺はその物静かな口調に何となく嬉しくなってしまった。ユージィンがお兄さんのことをとても好いていて、尊敬しているのがよく分かったからだ。イシュマが皇太子の身分を認められて、ユージィンがアメリカに行くまでは、二人は宮中でもかなり親しくしていたらしい。

それから、ユージィンは穏やかに自分のことを話し始める。

「私は、アメリカではシリンダ・ローズの研究をしています」

「シリンダ・ローズって、何ですか？」

「少ない水分で長く咲く薔薇のことです。私が所属している研究チームでは、雨の降らない砂漠や荒野でも育てられる植物の開発を目指しています」

俺は思わず、ちらりとイシュマを見た。イシュマも自分達兄弟が仲がいいことを自慢するように、微笑み返す。

水不足にあえぐこの国をいつか花でいっぱいにする。それはイシュマの夢だ。

俺たちが昔住んでいた街は、急激な砂漠化で完全に消失し、今ではラハディール王国の地図にさえ名前はない。イシュマの夢が叶うことを俺も心から切望しているが、ユージィンは具体的な方法でお兄さんの助けをしようとしているのだ。

「シリンダ・ローズは乾燥に強いだけではなくて、色が鮮やかでとても綺麗だ。お前も見せて貰うといい」

「それでは、明日にでも試作のシリンダ・ローズを花束にして小鳥様に届けさせましょう」

「ああ、それは助かるな。何しろ――」

「ぎゃああっ‼」

俺は咄嗟《とっさ》に悲鳴を上げた。俺のローブの胸元に、イシュマがいきなり手を突っ込んだからだ。そのいやらしい悪戯に、俺は胸を押さえてイシュマにきゃんきゃん吠《ほ》えかかった。

「何するんだよっ！　エッチ！　バカー！」

「この通り、俺の姫は気性が激しいからな。俺もご機嫌取りに必死なんだ」

暴れて腕を振り回す俺を抱き締め、イシュマはとても楽しそうだ。俺達の様子を眺めるユージィンも笑っている。兄弟との夕べは、和やかに過ぎていった。


「宴の折、失礼を」

月が中天をさす頃、ナイジェルが宴の席にやって来た。酔うとすぐ顔が赤くなるから面白い、と俺はイシュマに相当お酒を飲まされて、その膝に頭を置いていつの間にかうたた寝をしていた。

「イシュマ様、王宮にカゼフ伯爵が見えています。緊急にて恐れ入りますが、国王の代理でお会いいただければと思いますが」

「伯爵が？　父上はどうされた？」

「今夜はご多忙にございますので」

それを聞いて、どうしてかイシュマはテラスの向こうに広がる宮殿の敷地にさっと目を向けた。それから、仕方なさそうに肩を竦める。

「――今夜は仕方ないな。分かった、すぐに行く」

イシュマは立ち上がり、居住まいを正す。

「悪いが、少し席を外す。なるべく早くに戻る。小鳥」

こちらへ来い、と促されて、俺はイシュマに付いてテラスから次の間のサンルームに入った。

二人きりになると、イシュマは途端に堪《こら》え性《しょう》がなくなる。薄暗い壁際で抱き締められ、抵抗する間もなく口付けを受ける。

舌を絡ませる濃厚なキスで俺の呼吸を乱し、イシュマは俺に囁きかけた。

「今夜は、こっちの指輪をちゃんとはめてるんだな」

俺の手を取り、指にもキスする。おもちゃの指輪の方は、この指輪のケースに入れて寝室に保管してある。

「ナイジェルに、ちゃんと着けるようにって言われたから」

「指輪も衣装も本当によく似合ってる。酒を飲みながら何度もお前に見惚《みと》れた」

「……ユージィンが帰ったら、こんなのすぐ脱ぐからね」

まだ飲まされたお酒が残ってぼうっとするけど、こんな格好をさせられている恨みは忘れない。

「そうふくれるな。黙って少女の衣装を用意したのは謝る。だが、どうしても、一度でいいからお前のことを俺の『花嫁』だと、誰かに紹介してみたかったんだ。ユージィンは昔から口が堅くて信用出来る。余計な詮索《せんさく》も一切しない」

それでも男の格好のまま、これが『花嫁』だと言ったらユージィンを混乱させてしまう。

それに、俺はこの国で自分の素性を明かすのを拒絶している。だからあくまで名前と国籍以外のことを伏せておきながら、女の子の格好をさせて紹介したんだろう。

ただ単に、俺に女装させてみたかった、という性質《たち》の悪い意図もあるんだろうけど。

「イシュマ、……あのね」

俺は情けなくもじもじしながら、イシュマの足元を見つめる。散々拗《す》ねたり反発しておいて、今更こんなことを聞くのは気恥ずかしい。

だけど、俺はどうして結局、『花嫁』の指輪をはめて、こんな女の子の衣装を着ているのか。意地を通し切れずにいた理由を、押さえ切れずに取り零してしまう。

「……俺の他に、す、す、好きな人を作ったりなんかしないよね？」

「お前の他に？　好きな人？」

イシュマに浮気をされてもいいのか？　というナイジェルの脅《おど》しに、内心思い通り動揺しているのだ。俺が知らないイシュマの日常生活には煌《きら》びやかな人たちがいくらでもいるのだと聞かされて、すっかり心細くなった。だが、イシュマがくれた答えはとてもシンプルで、明瞭だった。

「ん……」

ローブの袖の中に包み込まれ、もう一度、優しくキスしてくれる。これが、イシュマの答え。

「俺をこんなに愚かで短絡的な男にするのは、世界中でお前だけだ」

王子様は熱っぽく囁いた。瞳を見つめられ、唾液《だえき》で濡れた唇を親指で拭《ぬぐ》われる。俺の不安はいとも簡単に鎮められた。いつもそうだ。弄《もてあそ》ばれて、軽くあしらわれてそれでも結局、俺は大きな手の平の上にいる心地良さに易々と懐柔されてしまうのだ。

「少し席を離れるが、酒と料理を楽しめ。ユージィンとゆっくり話していてくれ」

「ん」

もう一度軽くキスを交わして、イシュマは扉に向かって、数歩歩いた。しかしすぐに踵《きびす》を返す。俺の首根っこをぐいと引くと、用心深く耳打ちした。

「お前こそ、ユージィンに惚《ほ》れるなんてことはないだろうな」

「へ？」

「母親は違うが、俺とあいつはよく似た兄弟だと言われる。お前があいつに一目惚れしても不思議はないだろう」

……どういう理屈なんだろう。

バカを言ってないでさっさと仕事に行けよと唇を尖《とが》らせると、イシュマは不服そうに部屋を出て行った。

席に戻ると、ユージィンが取り皿を手渡してくれた。香辛料をまぶして焼いた大きな子羊の肉を薄く削って、ソースをたっぷりかけてある。

「どうぞ、小鳥様」

「ありがとう」

俺はお皿を受け取って、ユージィンに笑いかける。イシュマの言う通り、ユージィンとはとても気が合いそうだった。実直そうで勉強家だというユージィンの雰囲気は、職人の父親を持つ俺にはとても好ましいものに思える。

「小鳥様は、本当に兄上に愛されておいでですね」

率直な言葉に、照れ笑いする余裕もなく、俺は赤くなって俯いた。

「……そ、そうなのかな。あんまりよく分かんないんだけど……」

「身元も明かさず、父上にさえもお顔をお見せしないのは、兄上がそれほどにまで『花嫁』のことを愛されて、大切にされているからだと専《もっぱ》らの噂です。兄上の秘密の『花嫁』は、今や国中の姫君たちの羨望の的です」

俺は気恥ずかしくて必死になってかぶりを振る。

「それは、ただ、俺が素性を明かすのがイヤだって言ってるから……だって外国の庶民が、王族の『花嫁』だって知れたら大変な騒ぎになるでしょう。イシュマに余計な気を使わせて迷惑かもしれないって思うけど」

しかも男だし。

「いいえ、兄上も、秘めやかな婚姻をとても楽しまれているようですよ。常識や慣習にそれほど深く囚《とら》われるような方でもありません。それに私は、兄上に小鳥様のように扱われている姫君は、一度たりとも見たことがありません」

「俺みたいに扱うって、突《つ》き回したり振り回したり意地悪したりですか？」

イシュマは俺には平気で乱暴をする。抱き上げてぶんぶん振り回すし、ベッドにも放り投げたりする。そりゃあ、そんなおもちゃみたいな粗雑な扱いを、他の上品なお姫様たちには出来ないはずだ。

「そういうことではなくて、兄上があんなに楽しそうに笑ってらっしゃるのを初めて見ました。普段宮中にいる時は、ナイジェルを始めとする官吏や護衛に囲まれて、常に戦場にいるような厳しい表情をされていらっしゃるので」

俺といると、表情が和《やわ》らいで歳相応になる、とユージィンは言う。

……そうなのかな。調子に乗られると困るから、イシュマには言わないけど、俺がもし本当にイシュマの役に立ててるなら、もちろんすごく――嬉しい。俺はユージィンみたいに賢くないし、ナイジェルみたいに政治のことも分からない。

俺を突くことでイシュマのストレスが解消出来るなら、本当はそれで構わない。

イシュマの喜びそうなしおらしいことを考えてる自分に何だか恥ずかしくなってしまった。俺はきっと、自分で自覚してる以上にあの王子様のことが好きなのだ。

ますます恥ずかしくなって、俺はぶんぶん頭を振る。自分への照れ隠しにユージィンに話しかけてみる。

「ユージィンは、イシュマみたいに王様になろうとかは思わないの？」

「私は将来的には、国属の研究機関に入ることを希望しています。政治に携わるつもりはありません」

よくよく考えればかなり際どい俺の質問に、ユージィンは穏やかに答えた。

「幸い研究や勉強には向いていましたが、私には兄上のようなカリスマ性はありません。一国の国王などには到底なれはしません。恐れながら、兄上とは姿が似ているので、影武者くらいなら務まると思いますが」

現在の第一王位継承権が決定するまでには大変な諍《いさか》いがあったと聞いている。イシュマを産むと同時に亡くなったイシュマのお母さんが貴族の出身ではなかったので、イシュマの継承権は永く認められなかった。十年前、俺と毎日田舎町で過ごしていたイシュマは、王子としては不遇だったのだ。それでも現在のイシュマは絶対的な存在感で、恵まれなかった過去をねじ伏せている。それを覆《くつがえ》してまで国王の座に着きたいとはまるで思わない、とユージィンは言った。

「国政は大変な激務です。自分の意志が国の命運を左右する、その恐れと常に戦わなくてはなりません。どんなに平和な国であっても、国事の先端に立つ国王には平穏はありません。兄上がそんな重責につぶされることなく、常にあれほど堂々としていらっしゃるのは、それだけの器をお持ちだからです。兄上は、王となるべくして生まれた方だ」

ただ、選ばれた人間であることが幸福かどうかは、分からない。

やや強くなって来た夜風を、ユージィンの黒い瞳が追った。

「支配するということは、同時にすべての責任を負うことです」

——国事の先端に立つ国王には平穏はない。

何か、イシュマを思って切なくなったその時、空気が震えて夜空を鋭い光がかすめた。一瞬の間をおいて、轟音と共に光の花が開く。

「わーあ……綺麗だ」

花火だ。

続けて数発打ち上げられ、宮内の複雑に入り組んだ堅牢な石壁や、塔が照らし出されてまた闇に沈む。テラスの向こうの、広大な宮廷の一角で蠟燭《ろうそく》らしい灯火がたくさん、きらきらと輝いているのが見えた。耳を澄ませると、時折風に乗って音楽や笑い声が聞こえてくる。花火はそこから打ち上げられているようだ。

「あれは？　今夜は何かお祭りがあるんですか？」

「あれは後宮の灯火《カシュール》です。今日はちょうど、国王の主催で月に一度の夜会が開かれています。花火まで打ち上げて、今月はずいぶん盛大に催されているようですね」

「コウキュウ？　カシュール？」

「灯火は、後宮の姫君お一人お一人がお手元に持ったランプの灯りです。野外の広場に集まり、国王とお言葉を交わした方から順に、中の蠟燭に火を入れていただく仕来りだそうです。もちろん、後宮内のことですので私は実際に見たことがありませんが」

コウキュウってなんだろう。お姫様があんなにたくさん集まって、国王様と何をしてるんだろう。首を傾げる俺に、ユージィンははっと表情を強張《こわば》らせた。

「小鳥様は、後宮について、兄上から何もお聞きになられたことはありませんか？」

「いいえ。イシュマはあんまり自分のことは話してくれないんです。王宮の中のことも、外部からじゃよく分からないし」

子供の頃とは違う。立場を考えれば当然なんだけど。

しかしユージィンは困惑した顔で押し黙ってしまった。それから、生真面目《きまじめ》な仕草で頭布《クーフィーヤ》で包まれた頭を下げる。この国では最大の謝意だ。

「……失礼しました。失言です、今の発言はどうぞお忘れになって下さい」

「……ええ？」

「後宮のことは、『花嫁』にお聞かせするようなことではありません。謝意を表明致します」

俺はぽかんとしてユージィンを見た。失礼なんて、何もされてない。

それに、あんな風に花火を上げて、明かりを灯して何だか楽しそうな夜会が開かれているようだ。そんなに慌てて謝らなきゃいけないようなこととは思えない。

けれど、俺もはっと息を飲む。

「コウキュウってまさか……」

コウキュウ――後宮のことだ。いわゆるハーレム。俺は学校で受けた歴史の授業を思い出していた。

確か、中国にもそんな制度があったはずだ。日本の大奥とか。原則として王様以外は女の人しか出入りが出来ない場所。何故なら、後宮で生活するお姫様たちは、全員が国王の側室――恋人だからだ。

強い権力を持つ一国の国王は、何百人もの女の人たちを王宮内の一ヶ所に集め、その身柄と愛情を独占した。だけど、俺はイシュマにもナイジェルにも、この国に後宮があることを一切聞かされていなかった。

俺は四つん這《ば》いになってユージィンににじり寄る。スカートをはいて行儀が悪いが、そんなことは気にも留めていなかった。

「後宮のこと、なんですか。後宮って」

イシュマと違って、上手く嘘《うそ》をつけない王子様だ。ユージィンは動揺を隠せず、俺から瞳を逸《そ》らした。

「今、イシュマが王様の代わりだってこの宴を出て行ったのは、後宮で夜会が開かれてて、王様が忙しいから？」

ナイジェルに呼ばれて席を立つ寸前に、イシュマがテラスの向こうに視線を走らせたのは、王様の居場所を確認したからなんじゃないだろうか。

そしてユージィンは不器用で、気の毒なくらい誠実だった。上手い誤魔化しを言うことも出来ない。

「………一ヶ月に一度の夜会では、国王は何をおいても後宮にいる女性達を優先するのが、後宮での長らくの仕来りですから」

肯定の言葉を聞いて、張り詰めていた緊張感が一気に萎《しぼ》んだ。その代わり、暗澹《あんたん》とした気持ちが頭をもたげた。

「知らなかったです。この国に、そんな制度が残ってたなんて」

「後宮の存在は、国外的には一切公表されていません。国内的にも、暗黙の了解があるだけです。この国が始まって以来代々国王に受け継がれて来ましたが、今や女性の人権を軽視した前時代的な制度と言われています。兄上は、小鳥様が後宮の存在をご存知ないなら、わざわざお聞かせする必要はないと、考えられたのだと思います」

さっきまで機嫌よく食事をとっていた俺が、今はローブのスカート部分をぎゅっと握って俯いている。ユージィンは、何とか俺を元気付けようとするみたいに言葉を重ねる。

「現在も後宮は国王と特別な衛兵以外は男子禁制、宮廷内で最も仕来りや慣習に厳しい場所です。昔は国王の寵愛を巡って、姫君たちの熾烈《しれつ》な争いが行われていたという話を、私は母から聞いたことがあります。現在は兄上という次代の後継者がすでに決定していますが、側室は子を生《な》す程、位が上がりますから。兄上は、小鳥様をそのような勢力争いの場にお近づけになるのがお嫌なのでしょう」

けれど俺はますます顔色を失う。考えてみたら当然のことなのに、庶民の俺はイシュマの常識がまるで分かっていなかった。

イシュマは、王様になったら跡継ぎを作らなきゃならないんだ。出来れば、指輪を贈った正当なお妃様との間に。そうでなくても、後宮のお姫様たちとの間に一人でも多く。イシュマのお父さんはそうしている。

今、目の前にいるユージィンだってイシュマとは異母兄弟だ。平民出身で正妃になったイシュマのお母さんが亡くなった後は、今の王様はもう正妃を娶《めと》らなかった。だからユージィンは、後宮にいる側室――――つまり、正妃以外の国王の恋人との子供。だから異母兄弟、なのだ。

どうしてそんなことに、今まで気付かなかったんだろう。

心臓が、痛いくらいにざわめき始める。

後宮に跡継ぎ問題。イシュマを取り巻く様々な因習が俺には空恐ろしく思えた。

「……もしかすると、私は先程から却って小鳥様のご不安を煽り立てるようなことばかりを申し上げているでしょうか」

「ううん、そうなんだけど、いや、そうじゃなくて」

俺は混乱する頭を手の平で押さえた。

「代々続いたっていうなら、イシュマだって王様になったら後宮を引き継ぐんでしょう?」

「それは……」

「ちゃんと教えて下さい。教えてくれないなら、俺が直接後宮に行って聞いて来ます。あそこには今、たくさんの人がいるみたいだし」

宮廷内の地理はよく分からないが、今、明かりがたくさん灯っている方向へ回廊をいくつか渡れば、何とか辿《たど》り着けそうだ。ユージィンが俯いたまま何も言ってくれないので、俺は勢い良く立ち上がった。

ユージィンは大慌てで俺の衣装の裾《すそ》を引っ張る。

「お待ち下さい、それはいけません。後宮には銃剣を持った衛兵が多数おります。忍び込んで、不審者と見誤られて万一お怪我《けが》をすることになっては大変です」

「だったら、本当のことを教えて下さい。お願いだから」

俺は半ばユージィンに縋《すが》り付くようにして、頼んだ。

「イシュマも、………いつか後宮を持つの？　色んな、たくさんの女の人に囲まれるの？」

「それを許され、求められるのが絶対権力者たる国王です」

少しの間を置いて、ユージィンはそう答えた。

夜会が行われているという後宮から、また花火が上がって夜空に煌《きらめ》く。華やかな歓声が、一際大きく聞こえて風に消えた。


「気分が優れないだと？　風邪か？　医師は呼んだのか？」

寝室の扉の向こうで、ナイジェルと話すイシュマの声が聞こえる。イシュマが呼び出しから戻ったのは、夜半を過ぎてからだった。

俺はユージィンとの食事を終えて、もう一度湯殿を使った後、寝巻きに着替えた。お花のお茶を運んでくれたナイジェルには、気分が悪いからもう眠りたいとだけ伝えて、そのままベッドに伏せっている。

「小鳥」

俺は起き上がり、天蓋《てんがい》から下がる紗を揺らした。俺が起きているのに気付いて、イシュマはベッドの傍に膝を突き、ほっとしたように顔を覗きこんでくる。

「熱はないか？　やはり長旅の疲れが出たかな。ユージィンを招くにしても、明日にすれば良かったか」

「……イシュマは、お仕事は終わったの？」

「ああ。食事を中座して悪かった。明日は何としても、午後から自由時間を取るつもりだ。二人で市街に観光にでも行こう。もしもまだ気分が悪いようなら、このベッドの上でずっとごろごろしていてもいい」

窓を全部開け放って、お菓子と熱いお茶を運んで貰って。ベッドに横になってじゃれあって、空の色が移り変わっていくのをぼんやり眺めていよう。少し自堕落《じだらく》な誘いを受けて髪にキスして貰う。そうすればとても、とても満ち足りた気持ちになるはずだけれど。

薄暗闇の中で、イシュマは俺の浮かない表情にまだ気付かない。手を取り、指を絡めて何度も口付けられた。

「ユージィンとはゆっくり話せたか？　楽しい時間を過ごせたか？」

「……うん」

「それは良かった。俺が知らないところであまり親密にされるのも困るが、あいつとお前が仲良くなってくれると俺も嬉しい。大切な花嫁と弟が並んでいるのは、見ていて気分が良かった」

ユージィンは本当に、とても優しかった。つい漏らしてしまった後宮のことを、とても悔やんでいて、落ち込んでいる俺をどうにか元気付けようとしてくれていた。

後宮が存在するのは本当だし、それをいつかイシュマが引き継ぐのも本当だけど、指輪は生半可な気持ちで『花嫁』に贈るものじゃない。イシュマが今、俺を好きでいてくれるのは、絶対に真実だ。

だけど、それを聞いてもやっぱり俺の気持ちは晴れなかった。

イシュマはいつでもあまりにも屈託なく、俺のことを好きだと言ってくれる。俺のことだけを好きだと言ってくれる。笑顔だけは子供の頃と変わらず、十年間ずっと俺のことが好きだったんだと、何度でも俺が欲しい言葉をくれる。だから俺は時々、忘れてしまいそうになる。俺とイシュマの立場の違いを。

イシュマは王子様だということ。好きという些細な感情なんてあまり意味を持たない、権力の渦中《かちゅう》にいる。

今は俺のことだけを好きだと言ってくれるけど、それはいつまで？　もしもイシュマが王様になって、何もかもを手に入れることが出来るようになっても、その気持ちが変わらないと断言出来る？

俺にくれた二つの指輪だけがイシュマの真実だと、本当に信じていいんだろうか。

けれど、女官を呼ばずに自分で装束を解き始めたイシュマは、俺を見下ろして突然思いも寄らない言葉を口にした。

「ああ、そうだ小鳥。その指輪を、いったん俺に返して欲しいんだ」

俺は思わず息を飲んだ。

「……指輪って、ルビーの指輪？　『花嫁』の指輪？」

「そうだ。お前のお父上に相談してみようと思う」

「父さんに？」

イシュマは俺の手を取り、磨き抜かれたルビーに口付けながら瞳を覗き込む。

「せっかくこしらえて貰ったが、実際に着けさせてよくよく見てみると、お前の細い指には重そうで、少し可哀想だ。デザインに手を入れないまま、軽量化を図れないか尋ねてみようと思うんだ。おもちゃの指輪ももちろんいいが、こちらの指輪もはめやすい方がいいだろう」

「別に、重くなんかないよ。このままでいい」

俺は体を起こすと、手を背中に回してイシュマから指輪を隠した。

俺の指のことなんて大した問題とは思えない。一度作った指輪にわざわざ手を加えるなんて、俺から指輪を取り上げる為の体《てい》のいい嘘にしか聞こえなかった。

後宮のことを聞かされて、神経過敏になっていた俺は、すっかり猜疑心《さいぎしん》に囚われてしまっていたのだ。

宮殿には綺麗な姫君がたくさんいる。ナイジェルの言葉は脅しでも何でもなかった。今だって、イシュマが誰かに心移りしたら、俺は――指輪を奪われて放り出されておしまいなのかもしれない。俺の素性は外部に明かされていないし、俺達は、神殿での本格的な婚儀は挙げてはいない。今から指輪の持ち主を変えようと思えば、簡単に出来るんじゃないだろうか。

「……小鳥？」

名前を呼ばれ、俺は咄嗟にベッドから飛び降りた。手を背中に隠したまま、じりじりと薔薇園に続く大窓へ近付く。

「小鳥？　どうした、気分が悪いんじゃなかったのか」

「やだ！　来るな！　指輪は渡さないからっ！」

「小鳥！」

裸足《はだし》のまま、月明かりが照らす薔薇園に飛び出した。イシュマの驚いた声が追い掛けて来たが、恐ろしくて振り返ることさえ出来ない。

石畳の上を走りながら指輪を外して手の平で握り締め、とにかくそれをどこかに隠すことしか頭になかった。

イシュマに捕まったら最後、指輪を取り上げられてしまうんじゃないだろうか。そして、イシュマに本当に相応しいお姫様に贈られてしまうかも知れない。着けるのは嫌だと言いながら、俺はこの指輪をとても大切に思っていた。

だから取り上げられないように、この指輪を、隠さなくちゃいけない。早く、早く。

俺は蔓薔薇《つるばら》が絡まったアーチをくぐり、やがて白薔薇だけが育てられている薔薇園に行き当たった。広い花園に、色んな形の花壇がパズルのように配置され、そのすべてで何百本という白薔薇が育てられている。月光の下、白い花びらはほのかに発光しているかのように見える。

壮麗な眺めに俺は一瞬立ち尽くしてしまったが、傍《かたわ》らの八角形の花壇に、まだ小さな蕾《つぼみ》を見付けた。月の光に反応して少しだけ綻んでいる硬い蕾の中に、俺はぎゅっと指輪を押し込めた。

幸い、一輪咲きの大きな薔薇なので、外から見ても、中に何かが入っているとは分からない。イシュマにもきっと見付けられない。

まだ蕾なのに、無理をしてごめんね。

そして大急ぎで踵を返し、蔓薔薇のアーチまで戻ったところでイシュマに見付かってしまう。

「小鳥」

イシュマは、俺の行動の意味がまるで分からず不審そうに眉を顰《ひそ》めている。

「何をしていた？　指輪をどうした？」

「持ってない」

「持ってない？」

「捨てた」

「……捨てた？」

俺は息を弾ませ、イシュマから一歩退く。イシュマも俺の強張った顔に、何かただならないものを感じ始めているようだ。

「何故《なぜ》そんなことをした？　お前、いったいさっきから何を怒ってるんだ」

「怒ってなんかない。もうあんな指輪を着けるのは嫌なんだ。だから捨てたんだ！」

「あれは確かにお前にやったものだ。お前の好きにしていいとも言った。……だが、何も捨てることはないだろう」

イシュマは、俺の突飛な行動に珍しく戸惑っている様子だった。

俺が後宮のことを知ってしまったなんて、夢にも思っていないらしい。俺はどんくさい上に少し酔っていたから、花火や蠟燭の灯火のこともそう気に留めてはいないだろうと高を括《くく》っていたようだ。

確かにテラスで傍にいたのがユージィンでなくイシュマだったら、後宮のことなど聞かされないまま適当な言葉で簡単に言い包められていたに違いない。俺は当然イシュマの言葉の全部を、信じていただろう。それが悔しかった。

「今夜、後宮で夜会があったんでしょう」

俺は挑むようにイシュマを睨《にら》み上げた。

「後宮？」

「俺、花火が上がるの見たもん。歌だって聞こえてた。イシュマだって、いつか後宮を受け継ぐんでしょう」

だんだん、イシュマにもこの状況の意味が分かって来たようだ。図らずも後宮の存在を知って、俺はパニックに陥ってしまっている。

「そんなことを、誰から聞いた？」

目を逸らすと、イシュマは腕を組んで深々と溜息をついた。

「……ユージィンか」

「俺が、教えて欲しいって頼んだんだ」

「あいつもバカ正直な奴だ。事実をすべて話せばいいというものではないのに」

「それでも、隠しごとをするイシュマよりずっと誠実だよ！」

隠しごとをするイシュマよりユージィンの方がずっと信頼できる。言外にそう言うと、イシュマは眉を顰めた。

「イシュマは、後宮のことを隠してたんじゃないか。いつか、今の王様みたいに後宮を持つんでしょう？　他に好きな人を作るんでしょう？」

言葉を重ねるにつれて、どんどん興奮していく。いつもならどんなに怒っても笑いながら抱き締められて、あやされる。だけど今は、そんな隙を作る余裕もない。

「イシュマには俺だけじゃなくなるんでしょう？　それなのに、好きだって言われたって信じられる訳ないじゃないかっ！　指輪を貰ったって、イシュマの気持ちをもう信じられない。だから捨てたんだ！」

その途端、あっという間に間合いを詰められて、凄まじい力でイシュマに手首を摑《つか》まれた。容赦なく背中にねじり上げられる。

「い……っ、いた……！」

「お前、それを本気で言ってるのか」

低い声に、剣を押し当てられたように背筋が凍り付くのを感じた。

射竦めるような眼差《まなざ》しを感じる。イシュマは、本気で怒っていた。

「後宮のことを何故お前に黙っていたか、だと？　国王が多数の姫君を囲うのはこの国では当然だからだ。どんなに美しい、高貴な姫も、国王が望めば後宮に閉じ込めることが出来る。それはいずれ俺が譲り受ける権力だ。お前の許可など何一つ必要ない」

甘い香りが漂う中で、俺は肩を摑まれ、棘《とげ》よりも残酷な言葉を浴びせられていた。

「実際に、俺は一族一同から、一人でも多く子供を作れと求められている。俺の父は、母の死後一切正妃はとらなかったが、今も後宮にたくさんの側室を抱えて、いくつもの色恋沙汰《ざた》を重ねている。俺にもそれに倣《なら》うよう何度となく言われている。だが、それが何だ？　何故お前が激昂《げっこう》する必要がある？」

俺は絶句した。そんなの、酷い開き直りだ。

イシュマは俺のことを好きだって言ったのに。俺だけって言ったのに。

その驚きと悲しみが上手く言葉にならず、唇を嚙む俺に、けれどイシュマは一転、表情を和らげる。

「さあ、ここは冷えるだろう。とりあえず部屋に戻って、お前が好きな甘いミルクティーでも運ばせよう」

「…………」

「あの指輪は俺からお前への愛の証だ。後宮のことも、折を見てきちんと話そうと思っていた。お前が心配するようなことは何もないから、特に存在も明かさず、説明もせずにおいたんだ」

さっきの暴言は、俺を冷静にさせる為にわざと叩き付けたのだと分かった。だけど、そんな風に優しくされると却って上手く素直になれない。

「……嫌だ」

俺は精一杯、強くイシュマを睨んだ。

「もう、イシュマのこと…信じられない」

俺はもともと気弱で好戦的でもないけど、こと頑固さで競ったら、多分イシュマにも負けない。

そして、やはり後宮のことを隠されていた、そんな疎外感が、俺をいっそう頑なにさせていた。

「分かった。そこまで俺が信用出来ないなら、もういい」

イシュマもそう気長な方じゃない。ついに俺にキレたらしい。俺の手首を乱暴に掴むと、強引に歩き出した。

「い、痛いっ!」

「ナイジェル!」

居室に戻ると、イシュマは俺を勢い良く床に突き飛ばした。ナイジェルが速やかに姿を見せる。

「この者はわが国の国宝に仇《あだ》なした謀反人《むほんにん》だ。謀反人は犯罪者。その罪を贖《あがな》わせる為、今からこの者を奴隷《どれい》として扱うことにする」

「……は」

いつもは冷静で明敏《めいびん》なナイジェルも、俺達の間に何があったか咄嗟には分からないらしい。

不審そうな顔で、イシュマと床に転がる俺を見比べている。

「小鳥」

イシュマは片手で俺の首を床に押さえ込んだ。容赦がない力に、俺は床の上で息を詰まらせてむせ返る。逞《たくま》しい肩の向こうに、月が見えた。

「小鳥。何故、わが国の国王に絶大な権力があるか分かるか」

怒りの為に、冷たく冴え渡った青い瞳から、もう目を逸らすことが出来ない。

「砂漠に囲まれ、常に水が不足するこの国では一瞬の混乱が命取りだ。一人の反逆者が出て、国政がわずかの合間でも乱れたら、国土は干上がり、国民が飢え乾いて死ぬ。民主主義などとまどろっこしいことをしている間に国家が転覆するからだ。権力は一ヶ所に。反逆者には断固たる処罰を」

時にはその一言で人の命を左右する。イシュマのそれはまさに支配者の口調だった。

「誰一人、権力者に逆らうことは許されない。それがこの国の掟《おきて》だ。お前も身をもって知るといい」

イシュマはいかにも不機嫌そうな顔をしている。

優雅な形のカウチに上半身を横たえ、時折、小皿に盛られた薔薇の花びらの蜂蜜漬《はちみつづ》けに手を伸ばす。俺はそのすぐ傍で、俯いて立っている。衣服として与えられているのは薄い絹で作られた腰巻一枚だ。薄寒くて、恥ずかしくて、どうしても足が震えてしまう。

「国宝級の指輪を捨てるなどと無法を働いた以上、お前は盗人だ。罪人だ。罪人は厳罰を受けるべきだ。俺はそれほど寛容な君主じゃないぞ」

そう言って、イシュマは本当に俺を奴隷として扱っている。俺がイシュマに不審を抱《いだ》くと共に、イシュマも本気で俺に腹を立てている。

午後二時。大窓の向こうの薔薇園には暖かい日差しがたっぷりと溢れている。

今日は本当なら、以前みたいにまたお忍びで城外に出て、二人で寺院やバザールを回って遊びに行っているはずだった。俺もイシュマと二人で遊べるのを、すごく楽しみにしていたのに。

「何をぼうっとしている？」

カウチの上にいるイシュマに、いきなり腰巻を引っ張られた。俺は慌てて、薄い布を引っ張り返す。もともと短い布地は左右から引っ張られて、ぎりぎり太腿《ふともも》の際までまくり上がってしまう。

「放せよっ！　そんなことしたら……」

「そんなことをしたら、何だ？　何か面白いものでも見えるのか？」

たった一枚の布を巡って本気で慌てている俺の姿はイシュマの嘲笑を誘った。

「奴隷に何をしようが俺の勝手だ。自分に意思があるなどと思うな」

その時、ノックの音がする。扉の前に立っていたナイジェルが応答した。誰かがこの部屋に入って来る。狼狽《ろうばい》する俺の隙をついて、イシュマは俺をカウチに押さえ込んでしまう。

「議事があってユージィンが来たんだ。休暇が明けてアメリカに帰るまでの間、あいつにも公務の手伝いをさせることにした。お前もその格好を見て貰うといい」

「……………やっ！」

「入れろ。問題はない」

ナイジェルが無言で頭を下げ、扉を開く。入って来たユージィンはその場の光景に唖然《あぜん》と立ち尽くした。

「……やだ、見ないで……っ」

「兄上、これは………」

俺は逃げ出そうと暴れたが、両手首を一まとめに摑まれ、イシュマに無理矢理カウチから引き起こされてしまう。耳を摑まれたウサギの状態だ。

「これは、いったいどういうことですか。何故、小鳥様にそんな乱暴を――」

昨日の晩は、イシュマの膝の上に乗せられて、あれこれと構われていた俺が、今は酷い格好をさせられて、乱暴されている。何より、女の子だと思い込んでいた俺が、ぺたんこの胸をさらしているのだ。ユージィンにも俺の性別がはっきりと分かったはずだ。

「『花嫁』は、だ……男性だったんですか」

「『花嫁』？　それは違うな、ユージィン」

ふん、と鼻で笑い、俺の手首をさらに上に吊《つ》り上げる。腰巻を上へまくり上げて、俺の性器をユージィンに見せ付けようとする。

「や、やめて……！」

「これは今は罪人で、俺の奴隷に過ぎん」

「罪人……？」

「俺がやった『花嫁』の指輪を捨てたんだ。罰《ばつ》を与えて当然だろう」

「……指輪を？」

ユージィンは呆気《あっけ》に取られている。しかし我に返ると、慌てて自分のローブを脱いだ。真っ直ぐにこちらに近付いて、布を俺の肩にかけてくれる。そして、必死の表情でイシュマに抗議した。

「状況はよく分かりませんが…これではあんまりです。小鳥様、少しお待ちを。すぐに着替えを持たせます」

「放っておけ。そんな反抗的な奴隷は、衣服をすべて剝《は》いで、裸のまま城門に張り付けて見世物にしてやってもいいくらいだ」

「奴隷などという言い方はお止め下さい。兄上らしくもない」

「ユージィン」

ひんやりと冷たい声が、ユージィンを制した。

「俺に逆らうつもりか？　俺がこれを奴隷だと言ったら奴隷だ。そのままの格好でいさせろ」

剣呑《けんのん》な口調に圧倒されて、ユージィンもそれ以上の苦言を口に出来ないようだ。ユージィンは唇を噛み、黙って自分の席に着いた。

「お前も好きなことを命じるといい。その奴隷は、脅せばどんな真似でもするぞ」

「私には、そのような酷い真似は出来ません」

「ああそうだな。これには、俺よりもお前のように穏やかで気持ちの優しい男の方がずっと似合いなんだろうな」

イライラしながら、イシュマはローブの裾を翻《ひるがえ》して自分も席に着く。ナイジェルがイシュマの背後に立って、奇妙に緊張した空気の中で、やがて議事が始まった。

俺は部屋の片隅に立たされて、じっと二人の会話を聞いているしかなかった。まるで、感情がない家具か人形みたいだ。これ以上ない屈辱に、膝がどうしても震えてしまう。ユージィンは時々心配そうに俺を伺っているけど、下手に進言すれば尚更イシュマを怒らせることがもう分かってる。

時折ナイジェルの進言もあり、議事は滞《とどこお》りなく進んでいく。ユージィンは辛そうな表情のまま最後の書類をめくった。

「最後に、後宮の増築の件について、父上からご提案をいただいています」

「後宮の？」

俺との諍いの原因となった場所が不意に上がって、イシュマはちら、と俺を見た。

「後宮にある中庭に、小さなあずま屋をお造りになられたいとのことです。ステンドグラスを多用したやや西欧風のものをお望みとのことですが」

ユージィンは書類を数枚、イシュマに手渡す。国璽《こくじ》が押された重要書類だ。

「恐れながら、私はこのご提案には賛成致しかねます。後宮内の政《まつりごと》は国王の専権とは言え、後宮には充分な設備があるはずです。父上の執政は素晴らしいと私も思いますが、こと後宮のことになるとやや羽目を外されるようです。もう少し慎みをもたれるよう兄上からどうぞご進言を――」

昨日、俺が後宮のことを聞いて、ショックを受けていたことを思い出しているのか、ユージィンも落ち着きなく俺の様子を伺っている。

イシュマは無造作に、書類をテーブルに放り投げた。

「後宮が豪奢《ごうしゃ》で何が悪い。一国の主君の寝所だ。そもそも、修道院のように質素で貧相な場所を女たちが好むものか」

「しかし、後宮の存在が暗黙の了解に過ぎない現況で、国税がほぼ秘密裏に国王の私事に費やされることに私は賛成しかねます。後宮の存在はもはや旧弊《きゅうへい》なのではないでしょうか」

「アメリカで資本主義にかぶれたか」

皮肉っぽく、イシュマは笑った。

「国王が女性を囲うことはもはや私事ではない。国税が流れるのは当然のこと。連綿と受け継がれた伝統だ。後宮をいずれ受け継ぐ俺としても、美しい設《しつら》えがあるなら望むべくもない」

「しかし、兄上。兄上には――」

痛ましそうに俺を見るユージィンが何かを言いかけたその時、イシュマの手元からインクを付けたペンが落ちた。それはテーブルの下にころころと転がってしまう。

「ああ、まずい。落としたな」

「人を呼びましょう。お待ち下さい」

ユージィンがテーブルの上の呼び鈴を手に取ったが、イシュマは片手でそれを制した。

「構わん。そこに奴隷がいる」

酷薄な声に、俺もユージィンもはっとする。

「小鳥。床に這い付くばってペンを取れ。それくらい、役立たずの奴隷でも出来るだろう」

「………やだ」

イシュマの淫蕩《いんとう》な命令に、俺は青くなった。床に落ちたペンを拾い上げるくらい、普段ならなんでもないはずだ。

だけど、今、俺が体に巻いてる腰巻はとても短い。しかも、その下には下着を着けることは一切許されなかった。四つん這いでペンを拾ったら、背後にいるイシュマたちから下半身が丸見えになってしまう。

もちろん、イシュマはそれを分かって言ってるのだ。

「そんなのやだ、したくない」

俺は顔を強張らせて、じりじりと数歩退く。だが、イシュマは頑として俺を許さない。

「拾えと言ってるんだ。衛兵を呼んで、無理矢理、額を床にこすり付けさせて欲しいか？」

無慈悲な声に再度命令される。ユージィンは顔を強張らせ、ナイジェルは無表情に事の成り行きを眺めている。ナイジェルはいつでもイシュマの味方だ。主が言えば、白いものも黒くなるのか、まるで困惑した様子もない。俺は観念するしかなかった。

テーブルに近付いて、おずおずと膝を折る。ペンを取る為に前屈みになって腕を伸ばすと、すう、と真下から風が吹き上がるように感じた。ぎりぎりの丈の腰巻がせり上がって、下半身が丸出しになっているのが分かる。

お尻だけじゃない。性器やその後ろの塊も、全部を二人に見られて、産毛が逆立つような感覚を覚えた。

嫌だ。こんなの、まるで見世物だ。

「尻を丸出しにして、ずいぶんいやらしい奴隷だ」

イシュマの失笑が聞こえた。慌ててお尻を押さえて立ち上がろうとするが、すぐに叱責《しっせき》が飛んだ。

「そのままだ。立つな」

無様な格好のまま、鞭《むち》で打たれたみたいにびくりと体を震わせた。

日ごろから常に人に命令を下し、かしずかれているイシュマは、他人を辱《はずかし》める方法にも長《た》けているようだ。伏せをする犬のような格好を強要されて、しかもそれを背後からじっと観察されている俺に、一切情けはかけなかった。

「ユージィン。この奴隷の尻をどう思う？　お前の感想が聞きたい。この奴隷をよく検分しろ」

ユージィンがはっとして、うろたえる気配がありありと伝わって来た。無理強いされているとはいえ、お尻を剥いてあまりにも破廉恥《はれんち》な姿勢でいる俺に呆れてしまっているのかも知れない。

「何だ、ぼうっとして。これの尻に見惚れたか？」

「………いいえ、………私は」

狼狽するユージィンに、ますます恥ずかしさが募る。泣き出したくなって、体ががくがくと震え、呼吸が乱れ始めた。恥ずかしい。もう許して欲しい。もう見ないで欲しい。

「もー……、やだ……っ」

「口をきいていいとは言ってないぞ、小鳥。ユージィン。さっさと答えろ」

ユージィンは、こんな性質の悪いゲームは早く終わらせなければいけないと考えたらしい。早口で呟いた。

「……白くて、肌が非常に滑らかです」

「それから？」

「小さくて、とても愛らしいと思います」

「愛らしい、か。こいつはこの細腰でなかなかの曲者《くせもの》だ。淫乱ぶりは外から眺めただけでは分からないか」

イシュマはとても不愉快そうだ。ユージィンと俺が従順であればある程、却って俺達が密通でもしているみたいで腹が立つらしい。

「小鳥、両手を後ろに回して左右に尻を開いてみろ。自分の指で、お前のいやらしい入口を押し開くんだ」

とんでもないことを言われているのが分かった。俺は四つん這いのまま、無言でペンを握り締める。

「開いて中を俺達に見せろと言っている。ユージィンのことは嫌いじゃないだろう？」

「……っ……」

堪らずに、涙が零れる。俺は啜り泣きながら、顎《あご》で上半身を支える惨めな姿勢を取る。

震える指をお尻にかけた。けれど、指先が汗で滑って、焦って、なかなかイシュマの命令を遂げることが出来ない。

「さっさと左右に開いて見せろ。出来ないなら手伝ってやってもいいぞ」

イシュマの手で開かれて、ユージィンにそこをうんと奥まで覗き込まれる。そんなことをされたら、恥ずかしくてどうにかなってしまう。肩を震わせて嗚咽《おえつ》を漏らす俺を、高々と足を組んでイシュマは尚更貶《おとし》めた。

「尻を開いて、腰を振って喜ばせてみせろ。お前に出来るのはせいぜいそれくらいだ」

これ以上なく辱められて、ぎゅっと目を閉じてしばらく堪えたが、俺の感情はいきなり沸点を超えた。

「……いい加減にしろよっ！」

叫び声は震えて、完全に涙声になっていた。でももう我慢出来ない。

俺は咄嗟に立ち上がると、持っていたペンをイシュマに投げ付けた。ペンの先端に付いていたインクがぱっと飛び散り、真っ白いテーブルクロスに群青のしみが出来る。

「何で俺がそんな命令に従わなきゃいけないんだよっ！　俺は悪くない！　後宮のことを黙っていたイシュマが悪いんじゃないか！」

「……後宮？」

ユージィンがはっとしたように目を見開く。

「まさか私が昨晩、小鳥様に後宮のことをお話したのが、お二人の喧嘩《けんか》の原因なんですか」

「控えろユージィン。俺たち二人の問題だ。お前には関係ない」

逃げ惑う俺に、イシュマは大股で近付いて肩に担ぎ上げた。そのまま、真っ直ぐに寝室に向かった。二人きりになって、もっと酷い罰を与える為に。

「やっ！　やだ！　放せ！　下ろせよっ！」

「お待ち下さい！　小鳥様にこれ以上のご無体は……！」

「粗相した奴隷への仕置きは権力者の権限の一つだ。立場というものを思い知らせてやる」

「兄上‼」

ユージィンが追って来たが、イシュマは乱暴に扉を閉め、鍵《かぎ》をかけてしまった。


ベッドに放り投げられ、俺は悲鳴を上げた。

「いたい……っ！」

イシュマはやや乱暴な仕草で頭布と装飾品を外し、床に投げ付ける。

「ペンを投げる暴行に、罵詈雑言《ばりぞうごん》。王族に対する冒瀆《ぼうとく》。立派な不敬罪だ、小鳥」

「やっ！　来るな……！」

イシュマは、逃げ惑う俺をベッドに組み敷く。激しい揉み合いの末、一枚きりの腰巻はひらりと絨毯の上に舞い落ちた。俺に許された、たった一枚の衣装だったのに。俺は暴かれてしまった股間を手の平でぎゅうぎゅうに押さえた。

「……イ、ヤ……」

けれど全裸の俺はもう、イシュマのなすがままだった。逃げようと闇雲《やみくも》に手足をばたつかせると、簡単に両手首を一纏めにされて、イシュマが衣装の装飾で着けていた飾り紐《ひも》でベッドヘッドのレリーフに厳重に縛り付けられてしまう。まさに奴隷そのものの扱いだ。

「こんなのやだ、やだってば……、あっ！」

イシュマは、俺の足を大きく開いて、前倒しにした。見られたくないお尻の内奥が露になって、指先で探られている。乾いた指の腹の、かすれた感覚に、体がぎゅうっと緊張する。

「……綺麗だな。さっき、ユージィンに見つめられたからか？」

「う、ん…………っ」

「興奮して、中が真っ赤だ」

いつもはぎゅっと絞り込んである器官を無理矢理さらけ出されて、粘膜を見られているのだ。羞恥に顔を背けると、イシュマがそこに顔を寄せる。右の太腿をつ、と舐められて、思わず吐息が零れた。

「……っあ！」

「……奥を、舐めてやろうか」

「………そんなの、いや……っ」

拘束を解こうと足掻《あが》いたが、頑丈なベッドヘッドはびくともしない。イシュマは、イヤだと何度も繰り返す俺の言葉など一切耳を貸さない。俺の足首をしっかりと掴み直し、改めてそこに顔を寄せた。

「ん、ん……や、ぁ……！」

イシュマの熱い舌が、俺の蕾の表面をたっぷりと舐め回し始めた。花から蜜を移すように、蕾が唾液を受け入れさせられる。

たっぷりと潤わされて、蕾はすぐに綻《ほころ》んで、イシュマの舌と指に弄ばれる。表面を擦られ、浅い場所を律動的に開き、やがて深々と根元まで指を咥え込まされる。快楽での折檻《せっかん》だった。

「……あっん…、あぁ……、やあぁ……！」

俺は眉根を寄せて、甘い声を漏らす。濡らされ、開かれる器官からじわじわと、快楽の波が押し寄せてきた。

感じてるのを悟られるのが嫌で、悔しくて、俺は縛られた手をきつく握り締め、唇を噛んで必死に声を殺す。だがそれはイシュマの失笑を誘っただけだった。

「………声を殺したところで何になる？　こっちは、もうこんなだ」

「や、やあぁっ！」

イシュマは、俺の性器の先端を指先で弾いた。複雑な感情とは無縁の、単純な器官はもうすっかり立ち上がって、先端から透明な雫を溢れさせている。それはシーツに滴り、イシュマの指に絡み付く。

「そう……、ここは素直だ。もっと気持ち良くしてやろう」

口腔《こうこう》にすっぽりと捕らえられ、ちらちらと先端の窪《くぼ》みをくすぐられると、もっといじって欲しい、と腰が揺れてしまいさえする。

「……ああ……っん」

悪辣《あくらつ》な程、手早く俺を昂《たかぶ》らせ、攪乱させようとするイシュマの意図は明白だった。

「指輪を、どこに隠した？」

厳かに詰問されて、俺は泣きながらかぶりを振った。

「かくしてなんか、ない……っ」

指輪は捨てたんだから在処《ありか》なんかもう知らない、と涙目で睨み付けたが、イシュマは俺の嘘なんて最初から見抜いていたようだ。

「お前にあれを捨てる程の度胸があるとは到底思えない。どうせ、俺の居室のどこかに隠してるんだろう」

「違う……、ちが……っ」

「強情だな、お前も」

散々噛み締めて腫《は》れぼったくなっている唇に、イシュマが口付ける。指輪を取り戻して、どうするつもりなんだろう。それを、ちゃんとまた俺の指にはめてくれるだろうか。それとも――

「ナイジェルに、またアヴァリスタの花茶でも持たせるか？　そういえば、あの花を使った面白い拷問《ごうもん》があるらしい」

拷問。おどろおどろしい言葉を聞いて、俺は体を竦めた。

「アヴァリスタを高温で長時間熱すると、花のオイルが数滴抽出される。それを小瓶に取って、反抗的な罪人や奴隷の性器に塗り込んで縛り上げ、一晩中そのままずっと放置しておく。するとみな異常なまでに発情して、快楽を求めてどんな言葉にでも従うらしい。お前は皮膚が薄いから、浸透も早くて効果も出やすいはずだ。ここにたっぷり、オイルを注いでやろう」

「いや……や――ぁ……っ」

イシュマの唾液で潤んだ窄まりを指でかき回され、あまりの恐怖に、俺は胸を戦《おのの》かせた。

俺だってちゃんと憶えてる。

ナイジェルに飲まされた、アヴァリスタの花茶のこと。飲んだだけで、溶けた鉛を飲まされたように体が熱くなった。

そのオイルを粘膜に塗りこまれたら、どんな怖いことになるか。きっと性器がもとの輪郭に戻れないくらい、どろどろになってしまう。考えただけで身の毛がよだつ。

「お願い、そんなの……、やだ……っ！」

哀願すると、イシュマは俺の性器を手の平で包み込み、ゆっくりと上下にしごき、嬲《なぶ》る。

搾り取るように緩急を付けて上下される。その先端から、ぽたりと先走りが零れ落ちた。

フェラチオとはまた別の、射精をさせるかさせないかの緩やかな愛撫。絶妙な加減で、俺はいたぶられていた。

「は、ぁ……」

「もちろん、一言、指輪をどこに隠したのか言えば許してやろう。こんなに快楽に弱い体だ。ずっとこんな風に中途半端に責められ続けたらつらいだろう？」

「…………」

「指輪を隠し場所から持って来て、ちゃんと左手の薬指にはめろ。そうしたら、俺もお前にこれ以上酷い真似はしない」

唆されて、俺は一瞬心が緩むのを感じた。

指輪は、薔薇園の片隅の蕾の中に押し込んだ。それだけ言えば、もっともっと気持ち良くして貰えるのだ。その誘惑に、はしたなく呼吸が乱れてくる。

だけど、どうしても素直になれない。もしかしたら騙されて指輪を取り上げられるかもしれない。俺に返してくれるにしても、後宮のことでわだかまりがあるまま、指輪を着けるのは絶対に嫌だった。

息を弾ませながらも逡巡《しゅんじゅん》して黙り込む俺に、イシュマは溜息をついた。

「昔は、あんなに可愛かったのに、どうしてこんな強情っぱりになったんだ」

「ああっ、………やぁあ………！」

荒々しく腰を摑まれてしまう。自分の鼻先に性器の先端が触れるくらいに引き寄せられ、柔らかく蕩けきった場所を指先でそっと寛《ひろ》げられる。

指が強引に入り込んで、花の蕾を握り潰すような、ぐちゅ、という音が聞こえた。

「……あぅ……っ」

「それとも、日本に俺以外の相手がいるのか？　これだけの淫乱だ、よく考えれば四ヶ月も堪えていたとは到底思えないな」

「そんな人、いないよ……っ」

酷い誹《そし》りを受けて、俺は涙目でイシュマを睨んだ。

どうしてそんなことを言うんだろう。イシュマ以外の誰かと、こんなこと、するはずないのに。

俺の反抗的な態度にますます苛立ったように、イシュマは指を抜き取った。否応なく、イシュマの逞しい腰の前にお尻を据えられる。

「力を抜け」

労わりの言葉一つもくれず、イシュマは強引に俺の中に侵入して来る。

「いやあぁ……っ！」

焦れきった襞をずぶずぶとかき分けられて、その衝撃に俺は堪え切れずに白濁を吹き上げて、イシュマの頬を濡らしてしまう。

「いやらしくなったものだな。挿入の刺激だけで、達するようになったか」

イシュマは俺の足首を摑んで、ゆっくりと腰を前進させる。舐められて、指でいじられて、焼け爛《ただ》れたように腫れている粘膜を、いやらしくかき回す。

「あぁん、ああ………っん！」

もう声を殺すなんて出来ない。

「……あ、ん…………！」

下腹部の、一番奥が熱い。突かれる度にびりびりと快楽が駆け抜けて、イシュマをよりいっそう締め付けてしまう。

「ふしだらだぞ、小鳥。こんなに感じて」

「やぁ……っ、ああ……」

ふしだらだ、と責め立てながら、イシュマの動きはますます激しくなった。

「だ、め……も、ゆるして……！」

しゃくり上げながら懇願したが、イシュマは許してくれない。後孔への強い刺激に、すぐにまた硬くなった性器の根元を乱暴に摑み上げられた。

「や――……っ！」

射精を完全に封じられ、それなのに腰を密着させたまま、小刻みに揺さぶられる。イシュマの先端は、俺の一番敏感な場所をわざと狙って突いている。

「ひ、……あぁっ！　ああっ！」

突かれる度に頭の中が真っ白になった。もう一瞬でも早く達したくて、その欲求に半狂乱になる。性器を摑む意地悪な手を払いのけようと激しく体を捩らせる俺を、イシュマは笑って見下ろしている。

「奴隷が主人より先に、極まってどうする。俺をもっと悦ばせてみせろ」

「……そんなのやだ、わかんない、わかんない、お願い、もう……っ」

もういかせて、と汗びっしょりになって哀願すると、イシュマはベッドヘッドに括り付けられていた俺の手を解いてくれた。しかし解放されたのではなかった。シーツの上に胡坐《あぐら》をかいたイシュマの上に座らされる格好で、さらに真下から刺し貫かれる。

「……ひ、あぁあん……っ！」

「そのまま、上手に腰を使ってみろ」

強烈な衝撃に、まだ足の小指を痙攣させている俺に、背中越しの命令が下された。

「んっ、く……、は……」

不器用ながら、必死になって腰を使う。快楽に集中したいのに、イシュマは背後から、俺の乳首を摘んだり、濡れた性器を指の腹で擦ったりして悪戯を仕掛けてくる。

「ダメ、触らないで……っ」

堪らず、体を捩らせているうちに、だんだん前屈みになって、ついには四つん這いになってしまった。それでも腰の動きは止めることが出来ない。

「……ぅ、ん……、あぁ…………っ！」

「……ああ、可愛い格好だ」

イシュマを咥えて、襞を伸ばし切って皮膚が薄くなっている場所をじっくりと指でなぞられる。

「く、ぁ……」

「お前が、俺を舐めしゃぶってるのがよく見える」

言葉で嬲られ、それでも俺は奴隷、という言葉の通り、イシュマの快感に奉仕する。腰を揺さぶって、濡れそぼった窄《すぼ》まりで、ゆっくりとイシュマを蕩かしていく。

恥ずかしいとか、惨めだとか、そんな気持ちさえもうなかった。

「いい……きもちい、っあぁ………！」

「……そうか、気持ちいいか」

素直でいる奴隷に、イシュマはちゃんとご褒美をくれる。快感に痺《しび》れ、力が上手く入らない手を掴まれ、びしょ濡れの性器に導かれる。

「こちらも、自分で扱《しご》いてみるといい」

「うん、う、ん……っ」

自慰を許して貰えたことが素直に嬉しくて、俺はイシュマに従った。上半身は顎で支え、両手の平で性器を包み、扱く。イシュマも敏感な先端を指先で撫で回し始める。

「あ、あ、っ……ああぁん……！」

自分でするより器用で悩ましい指の動きに、思わずうっとりと溜息をつく。

「……可愛いな、小鳥」

耳孔に舌を押し入れられ、イシュマを咥えている場所がぎゅうっと収縮するのが分かった。やがて、イシュマが息を詰めると同時に、俺の一番奥に精を放つ感覚があった。敏感な場所は、熱を打ちかけられ、愉悦に蠢く。

そのまま、頭の中が真っ白になった。


「王子自ら奴隷をお清めになるとは。何ともおかしな話ですね」

ナイジェルの声が聞こえる。それから、ちゃぷんという小さな水音。

ぼんやりと目を開けると、サンルームの天井まで届く大窓から午後の光が溢れていた。俺は窓際のカウチにいるらしかった。

「きかん気な山猫だが、さすがに少し苛め過ぎたらしい」

「指輪をお隠しになった場所は、もう告白されましたか？」

耳元で、イシュマの苦々しい溜息が聞こえた。

「それを言おうとしない。後宮の存在を黙っていたことをまだ根に持っているらしい。こんなに華奢で可愛い顔をして、意地っ張りは相変わらずだ」

「それはイシュマ様が、まだまだ詰問に手加減されているからでしょう。拷問の実戦は、まだ経験されたことがありませんでしたね」

振る舞いに甘さがあるのだとナイジェルに指摘されて、イシュマは憮然と沈黙している。

「もっとも、『花嫁』に手酷い拷問を加えるような主にお仕えした覚えは、私もありませんが」

二人の会話をぼんやりと聞いていた俺は、はっと目を見開く。見れば、俺は全裸で、カウチに座るイシュマの膝の上に乗せられていたのだ。しかも、足は大きく開かれている。

傍らのテーブルにはお湯が入った白い陶器の洗面器や、タオルが置かれている。イシュマは、嬲られて汚れた俺の体をタオルで拭いているのだ。

「…………や……」

俺が目覚めたことに気付いたイシュマは、逃げ出そうとした俺を厳しく制した。

「じっとしていろ。まだ中に入ってる」

「……ん、ぁ……っ」

何度も何度も注ぎ込まれたイシュマの精液が際限なく溢れ出すのを、イシュマ自身が始末している。勝手をされて、だけど疲労のあまりにもう、手も足も、上手く動かない。

「ユージィン様が、小鳥様とのご面会を強くご希望になられていますが、いかがなさいますか。イシュマ様には小鳥様へのご仕打ちに対して、厳重に抗議をされたいとのことですが」

「冗談じゃない。会わせてまた、こいつに余計な知恵を吹き込まれてはかなわない。それともまさか――」

「…………いや……っ」

「あいつも、……これに惚れたんじゃないだろうな」

イシュマが、乱暴に俺の中に指を差し入れた。

こぽこぽ、と音が聞こえて、それからたくさん注ぎ込まれた精液が溢れ、流れ落ちる。

「……ダメ……――っ！」

イシュマの膝を摑んで、歯を食い縛って堪えたが、長い指が悩ましく前後に揺れる。時折、ぐっと斜めに突いて内奥を押し開こうとする。

「気持ち悪いんだろう？　俺が全部かき出してやろう」

そうして、溢れてきた滴りを指ですくうと、見せ付けるように俺の鼻先に突き付ける。

「やっ……」

「見ていろ。お前が、俺を受け入れた証だ」

「やだ、やだやだ………！」

「何度も注いでやったろう？　一度目は中で出されるのをくすぐったいと泣いて嫌がっていたのに、最後には四ヶ月前みたいに自分から欲しがるようになった。あんなに乱れて、腰を振って、一番奥で出して、とねだったのをもう忘れたのか？」

「………いって、ない、そんな……っ」

俺は真っ赤になって否定した。だけど、分からない。

指輪の隠し場所を言え、と責め立てられ、ベッドの上にいた時間は、何だかもう霞《かすみ》がかってしまっていて、どうしてもちゃんと思い出すことが出来ない。

憶えていないけれど、信じられない程、恥ずかしいことをされたり、言わされたりした気がする。

すっかり混乱する俺の蕾を、イシュマはわざと卑猥《ひわい》な音が立つようにかき回す。注がれた精液にふやけて、柔らかくなった肉は恥じらいもなくイシュマの指に絡み付いている。

イシュマの背後にいるナイジェルから俺の姿は見えないはずだが、唇を押さえても乱された吐息は隠しきれず、淫靡な空気をいっそう煽り立てる。

「あ……っ、あぁ――、あ………！」

喘がされ続けて、最後には簡単なおもちゃのように射精してしまう。足の間の白い水溜りに精液が垂れ、それはカウチから滴り落ちて、高価そうな絨毯を濡らした。

「はぁ……っ、あ…………」

力尽きて、やがてぐったりとイシュマにもたれかかる。イシュマは両腕で俺をすっぽりと抱き締めた。汗ばんだ俺の体を、手の平で愛しそうに撫で回す。

「…………怖いくらい、溺れそうだ」

ナイジェルには聞こえないくらいに低く囁いた。

「俺がいずれ後宮を引き継ぐ時には、内部に豪奢な鳥籠を造ろう」

後宮、という言葉に怯《おび》えて、俺はぴくんと肩を震わせる。イシュマの声は本気そのものに思えた。

「どれだけ不安をさえずっても外には出さない。指輪をその指にはめていなくても、お前が泣いて嫌だと言っても、お前は永久に俺のものだ」


天蓋から垂らされた淡い紗の向こうに、朝が来て、夕暮れが来て、そしてやがて夜が来る。

ここ二日程、俺はイシュマが公務に出ている間、ずっと寝室に閉じ込められていた。

ナイジェルに食事をとらされて、お風呂も使わされたけど、ほとんど無気力だ。

そして、イシュマが戻ると、今度は快感に深く溺れさせられる。指輪の場所を言えと責められ続け、その答えを拒絶し続けると、酷くなる一方のセックスに何度か失神した。けれど朝になると、また一人でベッドの中にいる。縛られてはいないが、逃げ出す気力もないまま垂らされた紗を眺めている。本当に鳥籠の中にいるようだった。

どうしてこんなことになったんだろう。

この国を再訪した当初は、久しぶりにイシュマに会えて嬉しかった。ただそれだけだったのに。

イシュマの横暴に腹を立てたらいいのか、自分の意地っ張りぶりを悔やめばいいのか、よく分からない。

羽根枕に顔を埋《うず》めて情けなくすすり泣いていると、入口辺りに人の気配を感じて、俺はのろのろと顔を上げた。

イシュマが戻って来たんだろうか。また組み敷かれるのか。責め立てられるんだろうか。

「や、………も、…………っ」

取り乱し、大声を上げかけたその唇に指を押し当てられる。そして優しく、耳元で囁かれる。

「小鳥様、どうぞお静かに」

「…………」

「大丈夫です、私です」

宥めるような声を聞いて、俺は薄っすらと目を開けた。

白いローブを纏《まと》った長身に俺は一瞬恐れを抱いたが、寝台の傍に立っているのはユージィンだった。

「ユージィン……」

「よかった。心配申し上げました。動いても、お体にお障りはありませんか？」

憔悴《しょうすい》しながらも、俺が正気でいることに心底安堵《あんど》したような表情を見せる。それからはっと息を飲んで、俺の体から目を逸らした。

「失礼致しました。どうぞお許しを」

不思議に思って見下ろせば、裸の俺の体のあちこちには、赤い薔薇の花びらを散らされたみたいに、イシュマの激しい蹂躙《じゅうりん》の痕《あと》が残ってる。俺も赤くなって、慌ててシーツを肩から被った。

「ユージィン、……来てくれたの？　イシュマは？　ここに入っても、平気なの？」

「兄上は、ナイジェルと共に、水曜日の礼拝に出席されていらっしゃいます。あとしばらくは戻られません」

「そっか……」

声がからからにかすれてる。ユージィンは労《いたわ》しそうに眉を顰めた。何があったのかと詳しくは聞こうとしないが、後宮のことを俺に話したことが、イシュマと俺の仲違いの原因だと自分を責めているのだ。

「申し訳ありません、兄上には何度も小鳥様を解放されるよう進言申し上げましたが、どうしても聞き入れてはいただけませんでした。私が上手く兄上をお諫《いさ》めすることが出来たら、こんなことには……」

俺は慌ててかぶりを振った。ユージィンが悪いんじゃない。俺達が指輪をめぐって勝手にこんがらがってしまっているだけだ。俺がもっと素直になれたらいいのに、色んな感情が絡み合って上手く解くことが出来ない。

ユージィンは、俺の手首を取ると、何度か縛られて紐と擦れて付いた傷を見て、悄然《しょうぜん》と肩を落とす。

「兄上は、本当に小鳥様のこととなると手加減の仕方さえお忘れになるようですね」

尋常じゃないイシュマの振舞いが、とても悲しいようだ。ユージィンの苦言にも耳を貸さない。まるで無慈悲な暴君だ。

うなだれている俺の目の前で、ユージィンは決然と顔を上げた。

「小鳥様、ひとまずはこの国を出国なさって下さい。私が飛行機の手配を致します」

俺は驚いて、ユージィンを見た。

「そんなことしたら、大変なことになる。あれ以上怒らせたら、日本にまでだって追い掛けて来そうなくらい怒ってるから。それにユージィンがイシュマに叱られちゃうよ」

「私のことはどうぞお気になさらずに。兄上にもいったん、冷静になられるお時間が必要だと思います。小鳥様が日本にお帰りになられたら、ご自分の仕打ちがどれほど酷いものだったか、ご理解いただけるのではないかと思います」

そしてユージィンは袖から布に包まれた衣装を一式、俺に差し出す。

「……これは？」

「女官用の衣装ですが、ご辛抱下さい」

この宮廷で女官たちが着ている、淡い朱色の制服だった。女官はベールを被るのが規則だから、顔を隠して宮殿から出る作戦らしい。

いったん、日本に帰る。もちろん、イシュマは烈火の如く怒るだろうけど、確かにユージィンが言う通り、俺達は一度、冷静になる時間を持った方がいいのかも知れない――

――だが、俺は大変なことを思い出して、シーツを体に巻き付けたままベッドから飛び降りた。

「小鳥様⁉」

そのまま、寝室を飛び出して、真昼の薔薇園を走る。思い出したのはもちろん、指輪のことだ。白薔薇の蕾の中に隠した時は、こんなにも長時間あそこに放置することになるなんて思ってもみなかった。

蔓薔薇のアーチをくぐり抜け、指輪を隠した八角形の花壇を真っ直ぐに目指す。しかし俺はそこで思いも寄らない光景を見て、愕然《がくぜん》と立ち尽くしてしまった。

「小鳥様……！　いけません、お戻り下さい。お逃げになる前に誰かに見付かったら、大変なことに――」

辺りを憚《はばか》りながら駆け寄って来るユージィンに、俺は真っ青になってしがみ付いた。ユージィンは驚いたように両腕で俺を抱きとめてくれる。

「ユージィン、どうしよう……！　薔薇が……！」

白薔薇の薔薇園に配置された花壇には、もう花は咲いていなかった。俺が指輪を隠した薔薇が、どう見ても見当たらない。

「薔薇が？　どうされました？」

「ここに咲いてた薔薇が、なくなってる」

ユージィンは、そんなことかとほっとしたようだ。

薔薇のことなんて気にしなくていい、とずれ落ちたシーツを丁寧に俺の体にかけてくれる。遠慮がちに手を引いて、俺を居室に誘導してくれた。

「小鳥様にはご不快かも知れませんが……この薔薇園から摘み取られる白薔薇は、皇太子から国王への贈り物として時折後宮へ贈られます。昨日、女官たちが作業をしていたようですから、今はもう後宮のどこかに飾られているはずです」

「そんな……」

後宮に？　あの何百本っていう白薔薇が全部？

俺は蒼白になった。あの蕾が開いたら、俺が押し込んだルビーの指輪も誰かに見付かってしまう。宮廷に出入りするような人たちなら、豪華な装飾を見たら、その指輪の意味や価値はすぐに分かってしまうだろう。そして、それが悪用されないとは限らない。

取り戻さなきゃ。今すぐ、指輪を隠した薔薇を探さなきゃ。

「俺、後宮に行かなきゃ」

「え？」

「行かなきゃ、今すぐ後宮に行って来ます」

「——後宮に？」

踵を返して駆け出す俺の手首を、ユージィンは慌てて摑んで押し留める。暴れる俺をしっかりと捕らえてきっぱりと俺を諭《さと》した。

「それはいけません。小鳥様は女性ではありません。この前もお話した通り、後宮は原則として国王以外は男子禁制です。我々には決して立ち入ることは出来ません。どういった理由か存じ上げませんが、どうぞ諦めて下さい」

「待って、ユージィン……！　待って、お願いだから」

取られた腕を振り払い、俺は必死になってユージィンに抱き縋った。

「あの、じゃあお願いがあるんです。後宮で働いてる人たちに伝えて、とにかくこの薔薇園から運び出された白薔薇を全部回収して貰って欲しいんです。お願いです」

「それは……女官に頼めば可能です。私には兄上程の権力はありませんが、後宮に伝令を出すことは出来ます」

「じゃあ、じゃあお願いです。すぐにそうして下さい」

何故俺がそんなことを頼むのかもよく分からず、ユージィンは困惑した顔をしている。薔薇のことなんて気にしなくていいから、とにかく今すぐ、俺を安全圏に逃がしたいと思っているからだ。ユージィンは優しいから、俺がこれ以上イシュマに虐《しいた》げられるのを放置することが出来ないのだ。

だけど、白薔薇を回収してくれない限り、俺が安心して王宮から動けないことも分かってくれたらしい。溜息をつきながら、しぶしぶ了解してくれる。

「分かりました。今からすぐに手配致します。後宮内のことですから多少ややこしい手続きはありますが、なるべく急くよう尽力します」

「………良かった」

安堵のあまり、俺はほうっと胸を撫で下ろす。

よかった。これでちゃんと指輪を取り戻せるかもしれない。

そんな俺の様子を眺めているユージィンは、何故か少し、表情を緩めた。

俺は自分の動転振りが恥ずかしくなって、俯いた。裸にシーツを巻き付けて、裸足のままで、走ったりせがんだり、上品な王子様には滑稽《こっけい》だったのかもしれない。

「……ごめんなさい、おかしかったですか？　俺、なんか一人でじたばたして、みっともないですよね」

けれどユージィンは、そうではない、と笑って首を振る。

「兄上が、何故あなたにこうまで執着されるか、私にもよく分かります。この前の食事の時にも何度となく思いましたが」

午後の柔らかい風が吹く中、ユージィンは本当に微笑ましそうに俺を見下ろしている。

「小鳥様を見ていると、ただそれだけで幸福な気持ちになります。一生懸命でおられる表情が、とても可愛い。作法に厳しく、前時代的な因習も多いこの宮中で、そんな風に天真爛漫《らんまん》な笑顔を見せてくださる姫君はいません。小鳥様に出会われた兄上を、……私はとても羨《うらや》ましく思います」

それから改めて、俺の手を取り、顔を覗き込む。

イシュマの青い瞳とは違うけれど。王子様の真摯《しんし》な眼差しを受けて、何となくどきんとしてしまった。

「小鳥様のご希望であれば、私は今すぐ、後宮つきの女官に薔薇を回収するよう伝令を出します。その代わり、小鳥様」

俺が少し考えなしのところがあるのは、ユージィンももうすっかり把握しているらしい。これまでの柔和さをひそめ、毅然《きぜん》とした態度で俺に釘《くぎ》を刺した。

「よろしいですか。私が迎えに来るまで、この居室から出ないことを約束して下さい。決して無茶をなさらないように。それから、私が戻り次第、すぐに日本へお帰りになること。ご自身の大事を一番に考えることを、誓って下さい」

「分かった。絶対にここにいる。ユージィンが帰って来るの、ちゃんと待ってる」

俺が頷くと、ユージィンも納得してくれたようだ。伝令を出す為に、足早に居室を出て行く。誠実なユージィンは、きっときちんと俺との約束を果たしてくれるだろう。

だけど、俺の不安は治まらなかった。

後宮中の、白薔薇をすべて集める。ユージィンは確かに伝令を出すことを承諾してくれたけど、改めて思えば、それはものすごく遠回りな、時間がかかる方法だと俺にも分かった。伝令が後宮に届くには、気が遠くなるほど色んな手続きがあるのは間違いがない。

その間に、もしも指輪が誰かに盗られてしまったらどうしよう。

そう思うと、ここでユージィンをじっと待っているなんて、やっぱりどうしても出来ない。じっとしてるって約束したけど、俺も自分が出来る限りのことをしたい。

「ごめんね、ユージィン」

俺はそう呟いて、ユージィンが持って来てくれた女官の衣装を手に取った。着付けがよく分からないまま、もこもことした格好でイシュマの居室を抜け出した。

夜のテラスから後宮を見下ろした時、その灯火は王宮の南側の、一番奥めいた位置にあった。

その記憶を頼りに辿り着いた門扉の前には、銃剣を持った厳しい衛兵が立っていた。不気味な鉄仮面を被った屈強な兵士だ。国王以外男子禁制の後宮を警備する為、神殿で性別を剝《はく》奪《だつ》する特別な儀式を受けているらしい。

入り込むのに難儀するかと思ったが、ユージィンが女官用の衣服を用意してくれたのは、本当に幸いだった。ベールで顔を上手く隠すことが出来、女官の行列に紛《まぎ》れて何とか門を潜り抜けることが出来た。

一人になると、とにかく、長く続く回廊をひた走った。

後宮は思っていたより開放的な空間で、たおやかな気配がいっぱいに満ちている。甘ったるい、花のお茶の匂い。香水の匂い。豪放・豪奢な本殿と較べると、柱や欄干の大理石のラインが流麗だ。白亜の回廊に沿って流れる小川には、蓮《はす》の花がまどろんでいる。

俺は着崩れた女官の格好で、柱から柱へと身を隠しながら、時折、正装した姫君たちともすれ違った。

十数人の女官を引き連れ、白い日傘を翳《かざ》させて散歩に向かう。庭園が見える窓際で、金髪を梳《す》かしてる姫君もいる。また、日当たりのいい場所で、ハイティーを楽しんでいる。国王様の好みなのか、皆、豊満で艶やか美女ばかりだった。

王様は、この花畑にいて、好きな花を好きなだけ摘んでいい。一度摘んだ花をもういらないと捨てていいし、後宮にない花が欲しければ、どこからでも取り寄せることが出来る。

花は王様の為に、いつでも綺麗に咲いている。

イシュマもいずれ、楽園みたいなこの場所を手に入れる。そうしたら、幼馴染の俺に指輪を贈ったことを馬鹿馬鹿しく思うかも知れない。

本当は、こんなところにいたくもないし、見たくもない。

それでも俺は、ここに留まってとにかく目的の白薔薇を探し出さなくてはいけなかった。指輪に万一のことがあって、イシュマの立場を脅かすような事態になったらと思うと、いてもたってもいられない。

けれど、皇太子の薔薇園から運び出された白薔薇は、焦る俺をからかっているみたいに後宮内の回廊にたくさん飾られていた。同じ形の花瓶が一定の間隔を置いて配置され、そこにどっさりと薔薇が盛られている。

どの薔薇に指輪を隠したか、外からは分からない。生けられたその一つ一つの薔薇の花びらを指で押し開いて、確かめて行く。

回廊をたどって迷路のように奥へ奥へと進み、同じ作業をひたすら繰り返していると、だんだん時間の感覚も麻痺《まひ》して来た。薔薇の棘で指先が擦《す》りむけてしまって、酷く痛む。

後宮がここまで広いとは考えていなかった。大人しくイシュマの部屋でユージィンが戻るのを待っていた方が良かったんだろうか。

「……どうしよう」

もしもこのまま指輪が見付からなかったら。イシュマにどれくらい謝ったらいいんだろう。

途方に暮れて、このまま座り込んでしまいそうだ。

半ばふらつきながら角を曲がると、不意に視界が開ける。中庭を見渡せる空間に出た。

そこで俺ははっと息を飲んだ。広間の中央に、いっそう大きく豪華な花瓶が花台に載せられているのを見付けたのだ。

俺は花瓶に走り寄り、たっぷりと生けられた薔薇の一つ一つに指を入れ、無我夢中で中を確認した。

どうか指輪がありますように。

果たして、重そうに頭《こうべ》を垂れている薔薇があった。もう少し、日差しに当てれば花びらが解けて大輪が開きそうだ。考えるより早く、その薔薇に触れた。途端に、花びらの中心からぽろりと指輪が零れ落ちてきた。俺はそれを、両手の平で受け止める。

「あ、………あった」

間違いなく、俺が押し込んだ指輪だった。

イシュマから贈って貰った、ルビーの指輪。

あまりの安堵に、膝から力が抜けてしまいそうになる。だけど、指輪が見付かったなら、すぐにここを出なければいけない。忍び込んでいるのを誰かに見咎められたら大変だ。ユージィンだって、俺が居室からいなくなっていることに気付いて心配してるに違いない。

回廊に戻り、だけど俺はふと足を止める。どこからどうやってここまで来たんだっけ。

「そこの者、何をしている」

ラハディール語で呼びかけられて、俺はつい振り返ってしまった。聞こえなかった振りはもう出来ない。

回廊のずっと向こうから恰幅《かっぷく》のいい女官が、数人の女官を従えて近付いて来る。ベールに着けた銀のブローチで、後宮の女官長だと分かる。彼女は俺の挙動不審より、制服のいい加減な着付けが気に入らないらしい。

「何というういい加減な着付けをしているのですか。後宮にいる女官なら、まずは身だしなみに注意なさい」

「………すいません」

俺は目だけを出したベール越しにもそもそと謝った。

「そのベールも。巻き付ければ良いというものではないでしょう。だらしがない、すぐに外しなさい」

「……あの、それはまた後で。急ぎの用事があります」

じりじりと後ずさったが、女官長は許してくれない。

「待ちなさい。どこへ行くというのです」

あっという間に、女官たちに取り囲まれてしまった。表情は分からないが、ベール越しのその視線は不審でいっぱいなのが分かる。こんな女官、見たことがないと訝《いぶか》しんでいるのだ。

――まずい。

女官達から離れようとして回廊の間際まで退いたが、着崩れた衣装の裾を踏み付けてしまう。回廊の傍らは蓮が浮かぶ水路だ。俺はまっ逆さまに、そこに落ちてしまった。水音が激しく上がる。

「つ、冷たい！」

水面から顔を出した俺は、つい日本語で叫んでしまう。ベールも完全に解けてしまった。

途端に女官長は表情を険しくし、激しく手を打った。

「衛兵！　衛兵を呼びなさい！　不審な者が入り込んでいます！」

後宮を守る仮面を付けた衛兵が五人、荒々しい足音とともに駆け付けた。俺は抵抗する暇もなく水路から床に引きずり出され、羽交い絞めにされる。銃口を目の前に突き付けられ、髪を摑まれ激しく揺さぶられた。

「外国の者だな？　どこから入った」

「名前は？　何故ここにいるのです」

矢継ぎ早に尋問されて、俺は咄嗟に自分の素性を答えることが出来なかった。

王子の『花嫁』だなんて絶対言えない。それどころか、後宮にこっそり忍び込んでいる以上、幼馴染として王宮に招かれている、とイシュマの名前さえ出せない。イシュマに、万一にも迷惑はかけられない。

救いようのない、大変な状況になっていると気付かされて、緊迫した空気に気圧《けお》されてしまう。真っ青になって震えている俺は、どこから見たって不審者にしか見えないだろう。女官は厳然とした態度で、事の処分を決めた。

「国王のご判断を待つ必要もありません。一般人の後宮への立ち入りは厳禁です。すぐに引っ立てて、砂漠にでも捨ててしまいなさい」

「ま、待って下さい、俺は……」

何とか弁解しようとしたけれど、俺の言葉なんて誰も聞いていない。

絶望的な気持ちだった。

衛兵に荷物のように襟首《えりくび》をとられ、俺は連行される。肩を摑む手の力には本当に容赦がない。この上、男だとばれてしまったら、もしかしたら後宮を出るなりいきなり銃で撃ち殺されるかもしれない。

殺される。震える程、恐ろしかった。もしもそんなことになったら、イシュマに二度と会えない。

それがとても怖かった。馬鹿な意地を張って、最後はほとんど会話もしていない。指輪だって、返すことが出来なかった。

衛兵たちが出合うような大騒ぎに驚いて、姫君たちが遠巻きに俺を眺めているのが見えた。だけど誰も助けてはくれない。イシュマもユージィンも、ナイジェルもここへは来てくれない。賢くて、宮廷内の因習を知っている王子様が、後宮に立ち入るような真似を、するはずがない。

いや、もしかしたらイシュマは。

イシュマは、俺がいなくなって幸いだと思うかもしれない。イシュマはたった一人にこだわらなきゃならない立場じゃないんだから。別に、俺じゃなくても構わないんだから——

——その時、回廊の向こうから風を感じた。高貴な気配を感じて、誰もが動きを止める。

そして、有り得ない光景に息を飲む。

立ち入りが禁止されているはずの場所で、イシュマは堂々と顔を上げていた。大理石の広間に立つその佇《たたず》まいは、辺りを払うような威厳に満ちている。

「…で…、殿下……」

突然、第一王子が現れて、誰もが呆然《ぼうぜん》としている。それから我に返るなり膝を折って床にひれ伏した。俺も、衛兵に首を摑まれ、叩頭《こうとう》をするように額を床に擦《こす》り付けられた。

イシュマは腕を組み、尊大な態度で、俺たちを見下ろしているようだ。

やがて、こちらに向かって、ゆっくりと近付いて来る気配があって、俺はイシュマにふわりと抱き上げられていた。

「この者を迎えに来た。私に返して貰おう」

女官や衛兵たちは、驚き慌てふためいたように顔を見合わせている。ずぶ濡れで、言っていることも要領を得ない、みっともない外国人に王子が何の用があるのか分からないのだ。

第一、王宮内の格式を熟知しているはずの王子が、どうして後宮に入って来たのか理解出来ないに違いない。

「で、殿下の、お知り合いであられましたか。しかし殿下、恐れながらここは――」

後宮。異国人で身分不明の俺のような人間がなんの咎も受けずに出入りすることが出来る場所ではない。

「殿下、この後宮は国王様の御寝所にございます。この場所をお守りするのは私どもの確たる務め。いずれこの後宮をご継承あそばされる殿下も当然ご存知のはず」

イシュマは黙って女官長の言葉を聞いている。腕の中の俺が震えているのに気付いて、大丈夫だとあやすように後頭部を手の平で押し包んでくれる。

「よって、たとえ殿下のご朋友であられましても、許可なく後宮に立ち入ったからには相応の制裁と処罰を受けるのが道理。どうぞその方の身柄を、私どもにお渡し下さい」

「それは出来ない。この者は私の居室に連れ帰る」

傲然と言い放ち、イシュマは自分の頭布の裾でさっと俺の頭部を覆い隠してしまう。

そして厳かに、イシュマは言い放った。

「何故なら、これは私の『花嫁』だからだ」

その言葉に、驚愕と動揺がその場を走った。威圧感たっぷりの女官長さえ顔色を失っている。

「話を聞いたことがあるだろう。私が指輪を贈り、愛を誓った『花嫁』がこの者だ。誰にも見せたくないから、名前も国籍も伏せて、父上にさえまだ会わせていない。大切に守って、わざわざ私の居室の奥深くに隠している」

俺の頬や首に出来た擦《す》り傷を見て、腹立たしそうに語調を強めた。

「何なら、私の最愛の『花嫁』を見た上に、こんな手酷い扱いをしたお前達に、厳罰をくれてやってもいい」

「……………イシュマ」

俺はもうやめて欲しい、とイシュマに目で訴えた。どう考えたって、勝手にここに入り込んだ俺が悪い。もちろん、女官たちに厳罰をくれる、というのは俺をここから連れ出す為の脅しで、イシュマが本気でないことは分かってる。だけど、イシュマは本当にここにいる全員を処断するだけの力を持っている。その力を、無闇に振りかざして欲しくなかった。

イシュマはやっと、憤《いきどお》りを収めたようだ。

「以上だ。この者は連れ帰る。異論はないな」

「しかし、殿下」

女官長は床に膝を突きながら、イシュマにいざり寄った。

「私が申し上げているのは代々からの格式です。我々としましてはとにかく、その者がここへ忍び込んだことは国王にご報告を申し上げねば……」

「私が飼っている異国の小鳥がここに迷い込んだだけのこと。瑣末事《さまつじ》で父上のお手を煩《わずら》わす必要はない」

それでも追って来る彼女の声は、厳粛で、この国の厳しい伝統そのものに思えた。

「後宮《ここ》に立ち入ることが出来る殿方は国王ただお一人のみ。国王以外の殿方が後宮内部や姫君を目にされるのは後宮最大の禁忌です。王位継承の地位におわします殿下といえど、国王の処断によれば、死罪とて免れません」

「馬鹿な。私は禁忌など何も犯していない」

何も臆することなく、イシュマは堂々と歩き出した。肩越しに女官や衛兵を振り返り、鮮やかに微笑する。

「私にはいつでも、私の姫しか目に入っていないからな」


イシュマは護衛やナイジェルを一切退け、居室のベッドで俺と向かい合っている。

後宮の衛兵に乱暴を受けた俺は、喉や腕に派手に擦り傷を負っていた。俺をシーツの上に座らせ、イシュマ手ずから傷の手当てをしてくれている。お医者さんや女官に触られると、俺が怯えてしまうと気を回してくれたらしい。

「痛くはないか？　我ながら、あまり上手くない」

俺は俯いて喉元に指を添えた。イシュマの顔を見る勇気は、まだなかった。

「……へいき、痛くない」

「馬鹿なことをしたな。どうして後宮に忍び込んだりしたんだ。ユージィンにもあそこには近付いてはいけないと言われなかったか？」

「言われた。でも、これを取りに行かなきゃいけなかったから……」

俺は、手を開いて見せた。白薔薇から無事に取り出して、ローブの袖に包んで大事に大事に持ち帰ったルビーの指輪だ。

「……後宮に隠してたのか？　よりにもよって、どうしてあんなところに隠したんだ」

「違うんだ、自分で後宮に持って行ったんじゃなくて、ここの薔薇園に咲いてた薔薇の蕾に押し込んでたんだ。そしたら、その薔薇が摘まれちゃって…後宮に運ばれたんだ。誰かに見付かる前にどうしても取り返さなきゃいけないって思って」

「それで、後宮に忍び込んだという訳か？　信じ難い大冒険だな」

イシュマは呆れた様子で溜息をつく。

礼拝の最中に、ユージィンから俺がいなくなったと聞かされたらしい。詳しい説明をさせた後、俺がどこへ行ったか察しをつけて、強引に後宮に入ったのだそうだ。イシュマこそ、王子様なのにとんでもない規律違反をしたのだ。

「ともかく無事で良かった。さっきの状況では、銃で撃たれてそのまま砂漠に打ち捨てられていても何の不思議もない」

「……ごめんなさい」

殺されて、もしも俺の身元がばれたらイシュマにも迷惑がかかっただろう。後宮に忍び込んだ俺は罪人そのものだ。

それでもイシュマは、自分の地位や立場を賭《か》けて、俺を救い出そうとしてくれた。

酷い横暴を振るいながらも、最後のところではちゃんと俺を助けてくれる。イシュマを疑って、反発してばかりだった俺を決して裏切ったりしない。命が危うい窮状にあっても、機転と迫力で見事に切り抜ける。

それに引き替え、俺の短絡的でみっともないことといったらどうだろう。指輪を隠したり、イシュマにまで後宮に入る危険を冒させた。イシュマの目の前にいることが居たたまれなくて、自分の愚かさが情けなくて、頑なに張り続けていた意地が粉々になる。

俺の心はすっかりむき出しになってしまっていた。

もう、何を隠すことも出来ない。

「俺、指輪をイシュマに取り上げられちゃうんだって思ったんだ」

「……指輪を？　何故だ？」

イシュマは、俺の手の平から指輪を受け取った。無事に戻って来た指輪を指先で摘《つま》んで、煌びやかな装飾を眺め、それからもう一度俺に尋ねた。

「どうしてそんな風に思った？　何がそう、お前を悩ませてるんだ。後宮のことが理由なのか？」

俺は俯いて、それから頷いた。

「……後宮があるっていうことを聞いたら、不安になった。イシュマはいつか俺以外にも好きな人を作るんだって」

指も、声も震えていた。

「俺、後宮のお姫様たちを見たよ」

王様の恋人たち。

俺が見かけたのは数人だったけど、あの場所の雰囲気を思い出せば分かる。格調高くも、生き生きと咲き誇る薔薇みたいで、後宮の主をきっと幸せな気持ちにさせる。

「みんな、本当に綺麗だった。優しそうで、いい匂いがして、お花畑にいるみたいだった」

池に落ちて濡れた女官の制服を脱いで、俺は今は自分の夜着を着ている。だけど、髪はぼさぼさで体はやっぱり貧相で、あのお姫様たちと較べるのも馬鹿馬鹿しくなるくらいだ。

「あそこは、今は王様のものだけど、いつかイシュマのお姫様でいっぱいになるんでしょう？　そのお姫様たちとイシュマは——」

一緒に、夜を過ごすのだ。俺にしてくれるみたいに、裸になって抱き合って、愛してるって囁く。

そう思うと嫉妬《しっと》でもう、頭の中はぐちゃぐちゃになる。

素性を明かしたくないと我儘ばかり言う俺に、イシュマが愛想をつかせていないかという不安。後宮があることへの焦燥《しょうそう》。それだけでもいっぱいいっぱいだったのに、姫君たちを見た後には凄まじい劣等感を感じている。

指輪のルビーは、この国で産出されたもの。赤い宝石には、太陽の国で育った艶やかな美人が似合うと思う。俺の骨っぽい指には確かに似合わない。お前には分不相応だから返せと言われたら、応じざるを得ない。

「それに、俺には出来ないよ。いつか誰かと、イシュマのことを分け合わないといけないんでしょう？　そんなこと、出来ない」

子供の頃から、俺にはずっと一人だった。イシュマのことしか考えてなかった。きっと死ぬまで、俺はイシュマのことしか好きじゃない。王様が何人も恋人を持つ後宮という因習は、俺にはどうしても受け入れられない。

「だから返す。『花嫁』の指輪は返す」

「………小鳥」

「でも、でも、おもちゃの指輪は、返せって言わないで。あれはもう、ちゃんと貰ったもん」

俺は、今はそのおもちゃの指輪をしまっているベッドサイドに置かれた指輪ケースに飛び付いた。イシュマがまだ何も持っていない子供の頃に俺に贈ってくれた指輪。これだけは、絶対に渡すことは出来ない。

「これは、俺のだから。駄目って言っても、日本に持って帰るから」

「小鳥、待て。俺の話を聞け」

「やだやだ！　絶対返さない！　これは俺のだもん、イシュマは、ちゃんと俺にくれるって言ったもん！」

ケースにしがみ付いて泣き喚《わめ》く俺は、肩を掴まれて抱き締められる。

「……泣かないでくれ、俺が悪かった。お前の涙を見るのは苦手なんだ」

嗚咽を上げる俺を強く抱き締めたまま、イシュマは本気で弱っているようだ。ものすごい

いじめっこなのに、実際に相手が泣き出すと立ち竦んでしまう。イシュマも子供の頃から、あまり変わってない。

「後宮のことでお前を不安にさせたことも、酷い真似をしたことも……謝る。お前に、後宮を当然受け継ぐものと思われていることに腹が立った。我ながら短気だと思う」

ものすごいびっくりして、俺は恐る恐る顔を上げた。信じられない。このふてぶてしい、誇り高い王子様が、謝罪と反省の言葉を口にしたのだ。

照れ隠しなのか、イシュマは気難しい顔をしている。

「だが小鳥、お前がそんな風に俺に不信を抱く必要なんか何もないんだ。後宮は、俺の代になれば廃止するつもりだ」

後宮を廃止する？

思いも寄らない言葉を聞いて、俺は目を見開いていた。

それでもどうしても、不信が表情に出ているのが自分でも分かる。イシュマが嘘をついているとは思いたくないけど、イシュマだって後宮の中を見たはずだ。あんな綺麗な場所に、魅力を感じなかったというんだろうか。

イシュマのお父さんだって、あずま屋の増築を考えたり、後宮をとても大切にしている様子だ。

「父上は――――最愛の女性を失くしている。唯一の正妃だった俺の母だ」

イシュマはいつにない穏やかな口調で話し始める。

「正妃だった俺の母は、俺を産んですぐに死んだ。父上のお嘆きは深かったという話だ。ユージィンの母親やその他の姫君を後宮に招いたのは、母が亡くなってからのことだ。恐らく今も、最愛の人を亡くした悲しみを後宮にいる姫君たちを相手に慰《なぐさ》めておられるんだろうと思う。だが、俺はどうしてもお前以外の誰かを愛することは出来ない」

愛の言葉は、ごくさり気なかった。けれど、その分真っ直ぐに、俺の心にしみ渡っていく。ずっと欲しかった言葉の一言も聞き漏らさないよう、俺はただイシュマの顔を見ていた。

イシュマは腕組みして遠くの窓を見ているが、ほんの少し、顔を赤くしている。

「俺にはどうしてもお前だけなんだ。これからも、ずっとそうだ。お前一人だけだ」

「………」

「たった一人を失わない為に、俺は禁忌を犯して後宮に入った。お前を救えるなら、俺が罰されることになってもまったく構わないと思った。地位も名誉も一切頭になかった」

それから、イシュマは俺に極上の微笑を見せてくれる。

「俺をこんなに愚かで短絡的にするのはお前一人だ。前にもそう言っただろう?」

緊張が一気に解けるのを感じた。

安堵と喜びに、俺はどうしていいか分からなくて、ほとんど飛び付くみたいにイシュマに抱き付いた。イシュマが率直な言葉をくれたから、俺も素直にこの腕の中に帰ることが出来た。

大好きな王子様の腕の中。イシュマも俺が納得したことにほっとした様子だ。

「ごめんなさい。無茶させてごめん……、俺、ずっと素直になれなくてごめんなさい」

イシュマだけじゃない。俺にだって、イシュマに伝えたい言葉はたくさんあった。ずっと胸をふさいでいたのは不安だけじゃない。すれ違っている間も、イシュマへの恋心はどうしようもなく募っていた。それを少しでも、イシュマに分かって欲しかった。

「ど、ど、どうしたらいいか分からなかった。イシュマが俺以外の他の人を好きになるんだって、後宮があるからもう俺はいらないって言われたらどうしようって怖かった」

「馬鹿だな。最愛の人間が一人いれば、後宮など何の魅力もない場所だ。だいたい、側室まで作って子供をたくさんなどという前時代的な考え方はぞっとしない。女同士の争いを見るのもうんざりだし、それに巻き込まれる子供も不幸だ」

「でも、イシュマの跡取りは？　だって俺は――」

男だし、子供なんか生めない。

それは、指輪と一緒に渡してくれた愛情を反故《ほご》にするに、充分過ぎる理由だ。

「確かにこの国は世襲制をとってる。父が子に、子がさらにその子に王位を譲ることが原則だ。だが、それは絶対じゃない」

「……だって、じゃあどうするの？　イシュマの後の王様は？」

「ユージィンがいるだろう」

「ユージィンは政治に関わるつもりはないって言ってたよ。勉強や研究があるからって」

「ならばさっさと結婚して子を生せばいい。俺からの王位第一継承権はその子に譲る」

俺はぽかんとしてしまった。

自分は後宮も受け継がず、俺以外の『お妃』をとるつもりもない。だから、跡継ぎのことは弟のユージィンに任せるというのだ。

「そんな自分勝手、通用するの？」

「通用する。国王になれば、誰も俺に逆らえない」

「……それって暴君なんじゃないの……？」

「ユージィンにとってはそうかもしれないな」

悪びれなく受け流して、麗々《れいれい》しい笑顔を浮かべる。

「俺は必ずこの国の国王になる。そして俺の治世で、この国をいっそう揺るぎない大国にする。俺の後継者にはせいぜい楽をさせてやるさ。そして俺の最愛の妃はこの小鳥だけでいい」

後宮を受け継ぐこともない、とはっきりと繰り返す。

「一生、お前にだけ愛を誓う。それだけが俺の真実だ」

「……………うん」

それから、イシュマは満ち足りた様子でベッドに横たわった。俺の頬を愛しそうに撫でながら、上においでと誘いかける。少し気恥ずかしいけど、俺はそれに応えて腹這いに、イシュマと体を重ねる。あまりの幸福さに、胸が切なく疼《うず》いた。

「しかし気分がいいな。将来に存在しない姫君たちを相手に、お前が勝手にやきもちをやいていたかと思うと楽しくて大笑いしそうだ」

「やきもちなんかやいてないよっ」

「今更、意地を張ってみても仕方ないだろう」

どうしても零れる涙を、指先で拭ってくれた。

もう意地は張らなくていい。ただ、好きだという気持ちだけを大切にしていればいい。俺は豪華な指輪も、宮殿も、綺麗な衣装も、イシュマにあげられそうなものは何も持っていないけれど。

イシュマの左手を取って、何もはめていないその指に、永遠の愛を誓った。


何回、射精したかも、もうよく分からない。

「……………はぁ、あ……っ」

真正面から抱き合って、絶頂感に痙攣する俺は、夢中でイシュマの背中に爪《つめ》を立てていた。

イシュマが腰を引いて、それからまたゆっくりと、俺を犯す。狭い筒がかき分けられ、注ぎ込まれた温い精液が溢れて零れるのが分かった。

けれどイシュマが注いだ回数以上に、俺はイシュマに追い立てられて、達している。

心が通じ合うと、体も全部、繋ぎたくなる。何回も何回も、性器や蕾を口で愛撫された。

快感にのた打ち回って泣きじゃくりながら、俺はイシュマに唆されるままに腰を振り続けてしまう。

「きもち、い………、イシュマ………っ」

舌を絡めたキスの合間に、イシュマの目を見つめて、恥知らずな言葉を口走る。

中にたくさん出されて、蕩けた肉をかき回されることが気持ち良くて、抽送の度に聞こえるぐちゅぐちゅ、という卑猥な音が恥ずかしいと思う理性さえ、もう擦り切れつつあった。

「……あ、ぁ………や………っ」

「好きなだけ、感じるといい。いくらでもいかせてやる」

「ん、うん……っ」

揺り動かされるスピードが上がった。イシュマは俺の蕩けた襞を引きずり出して、押し戻して、いっそう淫らに責め立てる。

「……や……、あっん」

思わず胸を反らすと、乳首を唇に含まれた。

立て続けのセックスで、体中はもうぎりぎり限界まで敏感になっている。小さな性感帯も、硬く充血して尖っているのに、舌先で甘く転がされ、歯を立てられた。

「……あ、ぁん………………！」

空いたもう一方の乳首も、指の腹で優しく転がされる。俺はすすり泣いて、受け入れているイシュマをいっそう強く食い締めた。淫らになり切った俺の体の反応を、イシュマは少し意地悪くからかう。

「泣き顔は子供そのものなのに、体はこんなに貪婪《どんらん》だ」

悪趣味なことを言いながら、さらに意地悪く突き上げて、俺に甲高《かんだか》い悲鳴を上げさせる。

「………ひ、ああ――っ！」

さっき射精したばかりなのに、イシュマに応えて俺の性器はまた立ち上がり始めていた。先端の皮をまくりあげ、先走りをとろとろと滴り零す。

「イシュマ……、あ、ァ………っ」

快感にすすり泣いて、右手の小指を咥えて、俺はイシュマを見上げた。

左手で、性器の根元をぎゅうっと握り締める。自分で慰めているのではなく、射精を堪えようと思ったのだ。そこに触れられている訳でもないのに、イシュマに揺さぶられているだけで、もうじき達してしまいそうだったから。自分の体の過敏さが、とても恥ずかしかった。

「ああ……これだけで、いきそうなのか？」

「うん、うん…………っ」

怯えながらも素直に頷くと、イシュマは愛しそうに俺を見下ろしている。いっそう丁寧に、ゆっくりと抽送を繰り返す。

「は、ぁ……、はあ……っ！　ああ…………っ」

快感の最中で、不意に、俺は怖いと思った。

イシュマの傍にいると、いつもいつも、俺は心も体もイシュマに翻弄されてしまう。かき乱されて、泣き出したくなって、こんなに苦しいならいっそ自分の意思さえなくしてしまいたくなる。もう難しいことは全部放棄して、イシュマのことだけ考えてたい。

イシュマが好きだっていうことだけで、心を満たしていたい。そのことが怖い。

どうしたら、いいんだろう。

「…………イシュマ……」

イシュマにも珍しく、もう冗談や睦言《むつごと》を口にする余裕もないらしい。俺をかき抱いて、呼吸を乱して、夢中で快感を貪《むさぼ》っているのが分かる。

「……悪い。何か、言ったか？」

「イシュマ、どうしよう……」

快感と共に、胸に押し迫る、切ないような、痛いような感覚。子供みたいに、俺はぽろぽろ涙を零していた。

イシュマが、すごく好き。大好き。

「……俺、これ以上イシュマのこと好きになったらどうしよう？」

恋心は際限なく募り、こんなにも触れ合っていても不安で、離れていても寂しくて。

些細なことで自分を上手くコントロール出来なくなってしまう。そのことが心底怖いのに、
イシュマはきょとんと俺を見ている。それから、派手に吹き出すと大笑いし始めた。

馬鹿にされたのかと思って、俺は組み敷かれたみっともない格好のまま、真っ赤になって
抗議する。

「なっ、何で笑うんだよーっ」

けれど、イシュマは余裕たっぷりに微笑して、再び深く、俺を突き上げた。

「……あ、ん……！」

「俺も、今、同じことを考えていたからだ」

青い瞳は、清々しい程、真摯で真っ直ぐに俺を見つめている。

優しい腕が、俺を抱き締める。それからどちらからともなく、甘く唇を交わした。


ベッドの枕元には、ユージィンが贈ってくれたシリンダ・ローズの花束が置かれている。

初めて見るシリンダ・ローズは人工的に開発された一輪咲きの薔薇だった。花がふっくらと大きく、水分を蓄える為か花びらと葉がやや厚い。棘も大きくて、繊細さはないが砂地にも真っ直ぐに育ちそうな、凛々しく逞しい薔薇だ。

それがすべてピンク一色で、同じ色のリボンが結わえられているから、何となく恥ずかしくなってしまう。ユージィンも俺達が仲直りしたことを知っているのが分かる。

公務があるイシュマはともかく、俺はずっとベッドの上から下りていない。日本に帰るまでに一度はちゃんと顔を合わせて、心配をかけたお詫びと、お礼を言っておこう。

その途端、俺は自分の唇が尖るのを感じた。

「日本にまだ、帰りたくないな——……」

俺は乱れたシーツの上に腹ばいになって、枕に顔を埋めている。

もうじき冬期休暇が終わって、俺はまた日本に帰らなくちゃならなくなる。喧嘩をして、時間を無駄に使ったことが今更悔やまれた。

「やだな。喧嘩してたの、本当に馬鹿みたいだ……」

せっかく傍にいたのに。もっともっと、遊びに出たり、色んなことを話せたら良かったのに。

イシュマは黙って汗ばんだ背中を撫でてくれている。俺の手を取って、左手の薬指にキスしてくれた。俺はそこに、二つの指輪を同時に着ける贅沢をしている。

「帰るのが嫌なら、ずっとこの国にいたらいいんだ」

「それは、そうしたいけど……」

日本に帰らずにいれば、もうイシュマとずっと離れずにいられる。

「でも学校もあるしなー…。父さんにも、何て説明したらいいか迷う」

「今の学校を卒業したら進学はどうする？　日本を出て、この宮殿で暮らすことは出来ないか？」

「だけど俺、もうずっと日本の常識の中で暮らして来たんだよ。高校を出たら次は大学かなって自然に思ってた」

まだ特に、何になりたいという夢もないけど。ただこの国に来て、イシュマの部屋でぼうっとしているという訳にはいかない。仕事なり、勉強なり目的があるならともかく。

変に真面目な奴だな、とイシュマは苦笑する。

「お前のお父上に倣って宝石職人になるのはどうだ。ラハディールで修行をすればいい」

「父さんの仕事は小さい時から見て来たけど、俺は宝石を加工するなんて器用なこと、出来ないよ」

「そうだな。宝石を扱うには、お前は少し不器用過ぎるだろうな」

自分から言い出したくせに、あっさりと言い渡して俺の唇を尖らせる。

「どうせ俺には特技なんかないよ。この国に来てずっとイシュマの傍にいたいなら、イシュマから指輪を貰ったんだって、イシュマの、お、お、お妃様なんだってはっきり言えばいいっていうのもちゃんと分かってるけど……」

「あれこれ周囲に騒がれるのが嫌なんだろう？　表立つのが嫌なら、このまま正体を伏せていればいい。俺も、お前を人前に晒《さら》すのはそう本意じゃないんだ」

後宮のことを知って、すっかり我を失くしてイシュマと大喧嘩する程の庶民っぷりが、自分でも恥ずかしい。だけど、イシュマは俺にはこのままでいていいと言ってくれる。イシュマ自身は国政に関わっているけど、王子や妃という身分にこだわりがある訳じゃない。自分には政治の指揮が執れるという自負があるだけ。だから俺にもこれまで通り、自由に生きていくことを許してくれる。

仕来りも因習も、何も気にしなくていい。

去年の夏、オアシスで交わした愛の誓いで、俺達はちゃんと結ばれているんだから。

そしてイシュマは、俺には思いも寄らない言葉を口にした。

「それでは小鳥。この国に来て、俺の仕事を手伝ってくれないか」

「イシュマの仕事？」

「あと三年もしたら、ユージィンが外国での勉強を終えてこの国に戻って来る。研究機関に入って、緑化政策をいっそう強化するんだ。お前も今の学校を終えたらこの国の大学に通って、砂漠化のことを勉強してくれ」

ラハディールには、砂漠化や緑化対策を研究する高名な学者がたくさんいる。彼らに師事して、俺にも専門的な学問を身に着けて欲しい。イシュマはそう言った。

「当然死ぬ程、勉強しなければならないだろうし、子供の頃に住んでいたとはいえ、この国はお前にとっては外国だ。俺の『花嫁』であることも含めて、もしかしたら色々不自由があるかもしれない」

意地っ張りの俺達は指輪をめぐって、また問題も起こすかもしれない。俺には宮廷内の仕来りや因習もよく分からない。

だけど、この国を花でいっぱいにするのは、イシュマの夢だ。

「その夢を、お前の傍で叶えられたら、これほど嬉しいことはない」

俺にもその手伝いをさせてくれる。いつか一緒に花の溢れる国で、暮らすことが出来る。

イシュマは戯《たわむ》れに、シリンダ・ローズを一輪手に取ると、俺の髪に飾ってみる。

「花は嫌いじゃないだろう?」

「嫌いじゃ、ない……」

「俺のことが好きだろう?」

俺は俯いて、赤くなりながらうん、と頷く。素直に思いを告げるって、やっぱりすごくすぐったい。

「だったら来い。来ないのなら――」

強引で大胆な王子様は、砂漠の風のように俺を抱き締める。

「――俺が地の果てまでも、お前をさらいに行く」

甘い囁きを聞きながらイシュマの愛撫を受け、俺は月光に咲く薔薇みたいにゆっくりと綻んでいった。

薔薇と王子に囚われて

兄が住まう宮は宮殿の奥にある。

王宮の本殿から皇太子宮へ続く長い回廊には、左右の花園から馨《かぐわ》しい薔薇《ばら》の香りが漂っていた。規則正しく起立する柱の間を擦《す》り抜けて歩くと、足元から囁《ささや》きのような微《かす》かな衣擦れが聞こえる。

この午後、ユージィンは兄であるイシュマから皇太子宮への呼び出しを受けていた。

兄の執務室の扉は常に銃剣を掲げた近衛兵四名に守られているが、ユージィンが近付くと彼らはいつも一瞬、混乱した表情をする。それもそのはず、部屋の中にいるはずの主と瓜《うり》二つの男が目の前に立っているのだから。

ユージィンは一年のほとんどを海外で暮らしている。長期休暇と、国の大きな行事があるときにのみ、この母国に帰って来る。そんな生活をもう長い間続けている上、警護を引き連れて歩くのも苦手だ。衣服も様式には沿うものの、ごく質素なものを好む。だから護衛たちも、第二王子であるユージィンの存在を一瞬失念してしまうのだ。兄には随分《ずいぶん》慎ましい第二王子もあったものだとからかわれるが、これが自分の気質だと思っている。

近衛兵たちの敬礼を受け、扉を抜けると前室を幾《いく》つか通り過ぎる。

皇太子宮の最奥にあるそこは、これまでの皇太子がサロンとして使用していた部屋だ。ラハディールに古くから伝わる華やかな装飾が凝らされた豪奢《ごうしゃ》な室内で、賓客《ひんかく》を持て成すに相応《ふさわ》しいが、兄の代になってから一掃した。あらゆる学問の書籍が集められ、それが今も乱雑に散らかっている。王侯貴族が住まう優美さは感じられず、博覧強記の若い学者が日々研《けん》鑽《さん》を連ねている、そんな雰囲気だ。派手好み、豪奢好きの兄だが、政《まつりごと》に関しては何より堅実を好んだ。

兄はこの部屋に側近であるナイジェルを始め、大臣や武官、識者を度々呼び寄せてはあらゆる報告を受けている。国のリアルタイムの情勢を量るためだ。

「では次回、聖降祭での祈りの儀は予定通り北神殿で執《と》り行われることと決定する。祭司には府大主教を任命すれば、政治的少数派《カルヴィル》たちに異論はあるまい。父上ご懸念にあった政教争論も、これで少しは是正出来るな」

「は、王子のご努力の賜物であります」

「褒め言葉は必要ない」

短く叱責《しっせき》され、余計な世辞を口にしたと恐縮する官僚にしかし兄は悠然と笑って見せた。

「この成果は俺の努力だけではあるまい。お前たちが上げたこの報告書は実に理に適っている。結論を速やかに導く体裁が見事だ」

家臣たちへの深い思い遣りを言葉を尽くして示す。以前の兄には見られない言動だった。

「さあ、聖降祭が近くとも、俗世では王族も国事に精励恪勤《せいれいかっきん》せねばならぬ。次の議題は——」

そこまで言いかけて、ユージィンが来ていることに気付いた。ユージィンが白い頭布に包まれた頭を下げると、手にしていた書類の束を執務机の上に置く。

「兄上、どうぞお続け下さい。会議の最中でしたら出直します」

「構わん。呼んだのは俺《おれ》だ。会議は一時中断する」

そうして臣下たちに退室を促した。ナイジェルも兄に一礼し、部屋を出た。

ナイジェルまで下がらせることは、普段ならば有り得ない。公私に渡って兄を支える側近中の側近だからだ。つまり、兄が自分を呼び寄せたのは、ナイジェルすら触れられないプライベートであるかららしい。

「いつもながらご多忙でいらっしゃいますね」

「まあな。のんびりやっているとこの国はあっという間に砂漠に飲まれる。または近隣諸国に攻め込まれるか」

それは常に兄の胸中にある憂《うれ》い事なのだ。そして、今一つ、兄の表情が晴れないのは他にも理由があるらしかった。

その理由に推測がついているユージィンは、兄の表情を窺いつつ、控え目に尋ねてみた。

「小鳥《ことり》様はまだお見えではないのですか？」

「午前中にこちらに到着して、今は俺の居室で休んでいる」

兄の恋人である杉本《すぎもと》小鳥がこの国を訪れているのだ。学校の長期休みごとにこちらに来ており、前回の来訪から四ヶ月ぶりだった。

極秘裏に兄が結婚指輪を贈った『花嫁』であるが、未《いま》だその素性を正式に公表されていない。公式の場に小鳥を連れるときにはいつも念入りに女装をさせているし、小鳥と直接接触することを許しているのは側近の中でもナイジェルだけだ。仮にも皇太子が身分の明らかでない「異性」を連れ回していることについて、家臣たちはさほど問題視していないようだ。若い王子の戯れと考えているからだろう。

小鳥は日本のごく普通の一般家庭の育ちだ。この国の厳格な戒律に縛られる必要はない。いいや、寧《むし》ろ恋人を不自由な籠《かご》の鳥にしたくないということは、最早自由など望めない立場の兄自身の希望なのかもしれない。

「東京からこの宮まで一日がかりの移動で疲れ切ってるはずだ。俺の専用機を使えと言っているのに、民間機の一番安い席を取って乗り継いで来たらしい。まったく、あれの強情はいつになったら治るのやら」

その強情なところを好いているくせに、兄は時折こんな風な愚痴《ぐち》を口にする。それが惚気《のろけ》にも聞こえることにはどうやら気付いていないらしい。何となく微笑《ほほえ》ましい気持ちになったが、兄が振り返ったので表情を改めた。

「ユージィン、お前の今日の予定はどうなってる？」

「ギラハド大学で講義を持つ予定でございますが」

「それは当日の今日でもキャンセルは可能か？」

「可能です。私は客員として招かれただけですし、同じ分野を研究する学者だけのうちうちの集まりですので。論者を別の者にするよう、後程連絡すればよいだけのこと」

「……悪いな」

ユージィンは驚いた。兄がすまない、などと口にすることは滅多にない。兄がユージィンに無茶を言い付けて振り回すのはいつものこと——そう、子供の頃《ころ》から本当にいつものことで、ユージィンも何を申し付けられても今更特に理不尽に思いもしない。

「今日の午後は、兄上は小鳥様とのお出掛けだと伺っておりましたが。確か、城下のバザールを見に出掛けられるのではありませんでしたか」

「俺は行けない。面倒が入った」

手に持っていた書類の束を、デスクの上に放り投げる。それから気に入りのソファにどさりと身を投げる。何となく投げやりな仕草だ。

小鳥がこちらに来ると、兄は時間が許す限り、小鳥を連れて宮殿の外に出掛ける。堅苦しい王宮内だと、持て成すにも仕来りだの伝統だのを守らなければならず、小鳥も窮屈な思いをするだろう。兄の宮だけでなら自由はきくが、皇太子の異性関係には王宮のすべての者が関心を寄せている事項だからだ。

「サルファ大臣の遠縁の娘が、父上のサロンでの茶会で歌を披露するらしい。そこに俺も顔を出せとのことだ」

兄は不機嫌にそう呟《つぶや》いた。

無論、その娘はただ歌を歌いに来るわけではない。貴族の子女とはいえ、王宮は若い娘がおいそれと出入り出来る場所ではない。若い異性の客、というならつまりそれは見合いであることを意味する。

現在、皇太子である兄には数多くの縁談の話が持ち込まれている。イシュマとユージィンの父親である現王が初めて妃を持ったのは十二歳のときだ。まだ皇太子の頃だった。以降、身分や国柄を問わず、数多くの女性と婚姻関係を結び、妃となった女性は王宮内の因習通りに王宮内の後宮で生活をすることとなる。

ユージィンの母も、十九年前に後宮に入り、それから外界には一度も出ていないらしい。ゆえに、ユージィンは母と会ったことがない。十八歳になる今も、母の顔は知らない。

後継者を産む女性はとても大切にされると聞く。王の子を産むことはこの国の女性にとって大変な栄誉で、それだけでなく国の発展のためにも世継ぎが期待される。次期後継者とされる兄のもとに、様々な縁談話が持ち込まれるのは当然だった。何しろ、現皇太子は素性の知れない外国人を連れ回すばかりで妾《めかけ》の一人すら持っていないのだから。

「珍しいですね。兄上が、プライベートなことで臣下の進言をお受けになるとは」

「余計な干渉なら跳ね除けるが、サルファは忠心から俺に進言しているだけだ。素性も明かさぬ『花嫁』に現《うつつ》を抜かさず、身分ある娘とさっさと身を固めることが国の安泰に繫《つな》がる。

あれは心からそう思っている」

権力闘争ならば何の容赦もなく挑むことが出来る。しかし、この人は情には弱い。サルファ大臣はイシュマやユージィンが生まれる何十年も前から現在の任に就いている国の重鎮だ。国家の行く末と未だ正妃を持たない皇太子を心底思って良縁を取り持とうとしているのだ。

「これ以上老い先短い老人を心配させたり悲しませるのも心が痛む。今回の見合いは受けねば仕方がない。バザールには連れて行ってやれないが、まさかこれから見合いだとも言えまいし、小鳥には上手く嘘《うそ》をつくしかない」

「有りの儘《まま》をお話になればいいと思いますが。小鳥様も兄上を取り巻くご事情ならばご理解下さるはず」

「だが、俺の見合い話を怒らず素直に受け入れてもそれはそれで面白くはない」

そんなことをされたら逆に俺が傷付く、と不貞腐《ふてくさ》れたような顔で呟く。若くして政の中央に関わる兄だが、恋愛の悩みは世の中の青少年がもつものとさほど変わりはないようだ。

「叱られ役もお前が代わってくれたらいいのにと思うが」

「影武者も、そこまではお引き受け出来ませんよ」

「冗談だ。相変わらず、お前は真面目《まじめ》だな」

半分しか血が繋がっていないにも関わらず、自分たちの容貌《ようぼう》はそっくりだ。だから、兄が多忙なときは影武者として簡単な儀式くらいは引き受けることが出来る。しかし、二人の性格は真反対と言える。

育てられ方の違いというよりは、もともとの気質なのだろうと思う。

兄を産んだ女性は父からはどの妃たちよりも深い寵愛を受けたが、平民の出身だった。その為、兄が皇太子となるためには宮中で大変な争いがあったと聞いている。

ユージィンの母親は高位の貴族の出で身分こそ高かったが、父からの愛情の度合いは決して濃厚なものではなかったらしい。その時点で、国王候補という立場からは遠ざけられたことになるが、それを残念に思ったことはない。寧《むし》ろ幸いだった。そもそも、自分は国政を主《つかさど》る器にない。自分のことなのだから自分が一番分かっている。のんびりと好きな学問に没頭していられる。それが一番幸福なのだ。

「しかし、黙っていても小鳥様はお喜びにはならないでしょう。兄上のお気遣いが、小鳥様を却って悲しませることになるように思います」

「俺が大臣たちの目論《もくろ》み通り、女になびくとでも？　それで小鳥を泣かせることになると言いたいのか？」

「そうは思いません。しかし、嘘をつかれるということは、時には真実での傷よりも深く心を痛めます。小鳥様はそちらのタイプのようにお見受けいたしました」

「あいつが怒ったところで俺は少しも怖くはない。仔猫《こねこ》がいきり立ったところで何を恐れることがある」

爪《つめ》で引っ掻《か》かれる痛みさえ、甘く感じるのだろう。そんな風に怒った顔も可愛くて仕方がないとでも言いたげだ。

「……だが泣かせるのは苦手だ。泣かせたこちらの方が、どうしたらいいか分からなくなる」

こんな言葉を兄に口にさせるのは世界でも小鳥一人だろう。

「いっそ今日の外出そのものをお取り止めになられてもよろしいのではないでしょうか。バザールは毎週開催されるのですし、小鳥様は学校の休み中こちらにいらっしゃると伺っています。その間にまた予定を組み直せばよろしいかと思うのですが」

「駄目だ。あいつは王宮にいるより街に出るのが好きだからな。バザールに気に入りの屋台があって、こっちに着いたらすぐに食べるんだとはしゃいでた」

せっかくこちらにいる間は、二十四時間いつでも楽しい思いをしていて欲しい。

自分がいずれ統治するこの国ともっと触れ合い、もっともっと好きになって欲しい。兄はそう思っているのだ。

「特に今日は、絶対に行かなければならないところがあった。バザールを見て回った後で、小鳥をあそこに連れて行こうと思ったんだ」

兄が窓の向こうに視線をやったので、今日が何月何日であるか、ユージィンは思い出した。兄が見遣《みや》る方向には後宮がある。

「王族である人間として、時には避けられない俗事もある。それを自分で回避する力がないのは、何とも不甲斐《ふがい》ないが……ああそれから、お前に言っておきたいことがある。今日だけでなく、これからは、小鳥の前で宮中言葉を使うのは禁止する」

「宮中言葉を？」

これまで、二人は宮中だけに伝わる古い言葉を話していたのだ。王族の間だけで口伝えにされている複雑な言語で、書籍にも文書にも公式には一切記録されていない。この言葉を話し、聞き取りが出来るのは、この国の王家の血が流れる者、またはその近辺にいる腹心の部下だけになる。ラハディールの国語とは全く異なる文法なので、小鳥が聞いても理解は出来ないはずだ。

だから、国政の極秘事項や小鳥に秘密にしておきたいような言葉は、つい宮中言葉を使っていたのだが、兄はそれを禁止するというのだ。

「俺の年齢を考えれば、これからは見合いだの縁談だのが多くなるだろう。宮中言葉を使う機会も多くなるはずだ。小鳥には言葉が分からぬからと油断して、つい余計な言葉を口にするかもしれない。あいつは形は可愛らしく一見非力だが、勘がいいからな。俺の周囲で何が起きているか、察して不安になるだろう」

何かの拍子に、兄に縁談の話が多く寄せられていることを知られることを懸念しているのだ。

「兄上のご心配は尤《もっと》もでございます。承知致しました。小鳥様が日本に帰られるまで、宮中言葉は一切口には致しません」

「イシュマ?」

その時、中庭へ続く白い扉から、小さな白い人影がひらりと入り込んで来た。

「仕事中だった?　入っても大丈夫……?」

午睡《ごすい》から目を覚ました小鳥がこの執務室へやって来たのだ。ユージィンの姿を見て取り、ぱっと明るい表情を見せる。

「あ!　ユージィンだ!」

「お久しぶりです、小鳥様。あちらでの研究が一段落つきましたので、一月ほど前からこちらに帰っております。小鳥様もお元気そうで何よりです」

わあっと声を上げてしがみついてくる。膝丈《ひざたけ》のジーンズにノースリーブのシャツという、涼しげなごくあっさりとした格好だ。この国で国王や王子の妃となると装飾過剰なアクセサリーをぎっしりと全身に着ける習慣があるのでユージィンには小鳥の軽装がとても好ましく思えた。

ただ、その左手の薬指には、兄が贈った結婚指輪が燦然《さんぜん》と輝いている。

再会を喜ぶ小鳥とユージィンの傍《そば》で、兄が一つ、咳払《せきばら》いをする。実の弟とはいえ、別の男が小鳥に近寄るのが気に入らないのだ。

「小鳥、今日の外出だが」

「うん？」

「すまないが予定が変わった。父上からの命で宮中の茶会に出ることになったんだ」

それを聞いて、小鳥の表情が曇った。こちらに着いた当日から約束を反故《ほご》にされ、やはり残念に思ったのだろう。だが、次の瞬間にはいつもの笑顔を見せる。

「そっか、行けないのか。街の人たち、がっかりするね。イシュマが来るの、皆楽しみにしてるのに」

「ユージィンに代役を頼んである。お前は普段通り振る舞っていればいい。屋台の牛肉のスパイス焼き《カフィシャーン》なり、果物のジュースなり好きに買い食いするといい。そうだ、中央通りの焼き菓子屋が、新しいケーキを売り出したらしいぞ」

「そんなに食べてばっかりじゃないよ。綺麗《きれい》な石とか珍しい布とかも売られてるし、街の風景を見てるのが好きなんだ。俺だって昔はこの国に住んでたんだもん。やっぱり懐かしいよ」

頬《ほお》を膨らませて反論する。それからユージィンに向き直った。

「ごめんね、ユージィン。俺の外出に付き合わせることになって」

素朴で素直な笑顔を向けられて、ユージィンも意識しなくとも微笑みを浮かべてしまう。

「どうぞお気遣いなく。お役に立てるなら光栄です」

「そりゃあ、二人はそっくりだからこんなことがあっても何とかなるけど。ユージィンだって本当は忙しいんだから、兄弟だからってあんまり我儘ばっかり言わないようにね」

「俺は俺なりに弟には気を使っている。だから今日みたいに急なことでもユージィンは俺の影武者を引き受けてくれるんだ」

「イシュマが気を使ってるなんて絶対信じられない」

「何だと。俺たちはお前が考えてるよりずっと仲のいい兄弟だ。歴史を振り返ってみろ。歳《とし》の近い兄弟はたいてい王位を巡って諍《いさか》うものなのに、ラハディールでは、殊《こと》、継承権に関してはまったくの平和だ」

「それはユージィンが優しいからであって、イシュマの横暴は兄弟仲に何も貢献してないと思う！」

賑《にぎ》やかにじゃれ合っている二人を、ユージィンは笑顔で見守っていた。


バザールは大変な人出で、灼熱《しゃくねつ》の太陽に負けない熱気を孕《はら》んでいた。

街並みを構成する石造りの建物が強烈な陽射しに照らされ、狭く複雑な隘路《あいろ》にいっそう深い影を作っている。食べ物や飲み物、衣料や雑貨を売る出店が所狭《ところせま》しと立ち並び、まるで迷路のような有様だ。

いつもとは違う黒いローブを身に着け、兄が普段乗る馬には小鳥を一緒に乗せている。この人混みでは車は入ることが出来ない。移動は専《もっぱ》ら馬を使うことになる。ラハディールに来る度に兄と遠出をしているせいか、馬は小鳥によく懐いており、機嫌良く街に連れて来てくれた。

護衛は当然付けているが、距離を置いている。せっかくの外出なのだから小鳥には自由に振る舞ってもらいたい。しかし、自分はともかく、万一の場合に小鳥に何かあったら大変なことになる。馬を操る腕にも、つい力が入ってしまう。珍しいものを見かける度にユージィンの腕の中から小鳥が身を乗り出すので落っことしはしないかとひやひやしてしまった。

小鳥がいないときにも、兄はかなりの頻度でこのバザールに顔を出しているのだろう。兄の衣装を着て馬上にいるユージィンに気付くと、周囲の人々は親しげな笑顔を見せ、手を振る。手を振り返すと、周囲からわっと歓声が上がり、兄の人気を示していた。

「お疲れではありませんか、小鳥様」

手綱《たづな》を繰りながら、ユージィンは小鳥に問うた。

「ちっとも。久しぶりだもん、楽しいよ」

「せっかくの外出でいらっしゃるのに、私がお相手で申し訳ありません。私も街の地理には明るくありません。面白い場所に案内が出来るわけではありませんので」

「そっか、ユージィンはラハディールの人だけど、あんまりこの国にはいないものね。でも大丈夫。俺もこっちに来る度にしょっちゅうここに来てるから、迷うことはないよ」

「せめて街の民たちと交流が出来ればいいのですが、あまりに近寄ると私が兄上ではないと気付かれてしまうと思います」

「大丈夫だよ、街の人たちはみんな分かってると思う」

小鳥があまりにもあっさりとそう言ったので、ユージィンは驚いた。そんなユージィンに小鳥は微笑して見せる。

「顔立ちはそっくりでも、やっぱり雰囲気が全然違うよ。この国の人たちはずっとイシュマを見て来たんだから、遠目に見て話さなくても絶対に気付いてる。でもきっとそれでいいんだ。仕事であんなに忙しいイシュマが、それでも街の様子を気にかけてくれてる。街の人たちはそれだけで嬉《うれ》しいんだ」

そして、ユージィンの瞳《ひとみ》を見つめてにこりと笑う。

「もちろん、イシュマに会えなかったのは残念だと思うけど、ユージィンはユージィンで国の人たちには大事な王子様なんだから」

なんと素直な人なのだろうかとユージィンは感嘆していた。

公の場に小鳥を出すことは嫌う兄が、城下には度々連れ立って訪れると知ったとき、不可解に思ったものだが、その気持ちが今分かった。深慮遠謀《しんりょえんぼう》や政治的な思索の必要のないこの場所を兄はとても好いているのだろう。自分が安らかでいられる場所には、愛する恋人と寄り添っていたいのだ。

それにしても、街の民は、小鳥のことをどう思っているのだろう。兄が指輪を捧げた正式な『花嫁』であることはまだ公にされてはいない。小鳥に言うと怒るだろうが、一見すると男には見えない容姿をしている。わざわざ女装をしなくとも、正直なところ、男には見えない。皇太子が連れて現れる、アジア人らしき「少女」を街の人々はどのように受け止めているのだろう。

「あ、ユージィン、ちょっと下りよう。あそこの飲み物、美味《おい》しいんだよ。座って飲めるし、馬を繋げるところ、その辺りにあるから」

小鳥に気付き、店主が嬉しそうに話しかける。いつも小鳥が頼んでいるらしい飲み物を手際よく作ってくれている。

やがてプラスティックの容器にストローを差したものを二つ受け取り、椅子《いす》とテーブルが何組か用意された木陰のスペースへとユージィンを誘った。この国の特産の果物の果汁を炭酸水で割ったものを勢い良く飲む。

「美味しい。これ飲むと、この国に来たなあって感じがする」

満足気に溜息をつく。飾らない様子が微笑ましく感じた。

「日本とは随分気候が違いますから、小鳥様には屋外はお辛《つら》いかもしれません」

「大丈夫大丈夫。だって俺だって子供の頃はこの国にいたんだよ。体が暑さと一緒に対応を覚えてるんだよね。日本の夏は、暑さより湿気の方が辛いんだ。ラハディールはからっと晴れてるからその分楽だよ」

王宮は外見は古来より譲り受けられた伝統的な様式が保たれている古色蒼然《そうぜん》とした建物だが、内部は空調設備が完全に整えられている。しかし、人工的に整えられた環境よりも、暑くとも屋外の空気にあたっている方が小鳥には心地良いそうだ。

「兄上は小鳥様には、どの国賓よりも最上級の持て成しをしたいと考えていらっしゃいますが」

「ダメダメ。イシュマの持て成しってとんでもないんでしょ。飛行機は王族専用機で、護衛機をつけて、こっちに着いたと思ったら、俺が泊まる部屋には花びらをいっぱいに敷き詰めてたりするんだよ」

「よくお分かりでいらっしゃいます。今回、小鳥様がこちらに来られるにあたっても、連日晩餐会《ばんさんかい》を催し、花火職人を呼んでバルコニーの下ではパレードを行おうと密かに考えておられたようです」

「…………」

「あまり派手になさると小鳥さまがきっとお怒りになりますよとご注進差し上げると、お諦めになったようですが」

「ありがとう。助かった」

小鳥はやれやれと背凭《せもた》れに背中を預けた。

そうすると小柄な体が後ろに仰《の》け反《ぞ》り、喉元《のどもと》やショートパンツに隠れていた膝小僧《ひざこぞう》が露《あらわ》になる。その肌の白さは明らかにこの国の人間のものとは違う。清楚《せいそ》な滑らかさを見て、ユージィンは思わず目を逸《そ》らした。

「なんでだろう。あれだけエラそうでむちゃくちゃなのに、なんで慕われるんだろう。日本で政治家があんなだったら支持する人なんていなくなるよ」

「逆です、小鳥様。国民の選択の余地なく予《あらかじ》め決まっているからこそ、為政者《いせいしゃ》は人格者でなければなりません。兄上はそれをよく分かっておいでなのです」

生真面目に兄を援護するユージィンに、小鳥は「一番迷惑受けてるのに、ユージィンはいつもお兄さんの味方だよね」と笑う。

そういえば、とユージィンに尋ねた。

「他人事みたいに言うけど、ユージィンはユージィンですごいんだよね。その年でもう研究者なんだし、語学にしたって十五ヶ国語くらい話せるって聞いたよ。すごいなあ。世界中、どこでだって生活出来るよね」

「そんなことはありません。話せない言葉の方が遙《はる》かに多いですよ。研究で外国を回るたび、自分の至らなさや不勉強を痛感するばかりです」

実はもう一つ、話せる言語があるのだが、それは兄からの命令で小鳥には明かせない。

「そういえば、イシュマとユージィンって、兄弟だけど初対面が確か、お互いが十歳くらいになってからなんだよね。どんな感じだった？　兄弟に初めて会ったときって」

小鳥は一人っ子だ。それも、日本ならば兄弟は生まれた時から共に育つのが普通だと聞いている。王族に生まれ付いた兄弟がどのように出会い、育ったのか興味があるらしい。

兄との出会い。ユージィンにも鮮烈な記憶だったので、思い出すのは容易だった。

「兄上からの最初のお言葉は『目の色が違うのか』でしたよ」

「目の色？」

兄と自分の唯一の、しかし絶対の違いは、瞳の色が違うことだ。兄は高貴なサファイヤのような青、ユージィンは夜闇のような漆黒《しっこく》の瞳をしている。

あれは八年前になるのか。

十歳のユージィンは王宮の片隅にある自室におり、迎えが来るのを待っていた。正装していたのは、その日王宮の謁見《えっけん》の間で儀式が執り行われることになっていたからだ。

弟であるユージィンが兄イシュマの家臣として永久の忠誠を誓うために設けられた儀式だ。兄の王位継承権が正式に認められたばかりだった。王位継承権第一位である実の兄に平伏すということを、国王たる父や家臣の前で宣誓するためだ。一歳しか違わない弟が、将来実の兄から王位簒奪《さんだつ》することを防止するための通過儀礼であるともいえる。

初めて会う兄と自分の姿は似ているらしい。血は繋がっている兄とはいえ、相手は次代の国王だ。いったい自分はどんな風に振る舞えばいいのか。

緊張で部屋の中央に立ち尽くしていると、傍の窓からひらりと人影が入り込んで来た。黒い衣装を纏《まと》った自分と同じ年の頃と体格の少年。しかも、自分と同じ顔をしている。それが兄のイシュマと気付いた途端、いきなりぐいと上向かされた。

「なんだ、目の色が違うのか」

そうして、今から急いで自分たちの衣装を入れ替えるのだと言う。あまりにも突然で、しかも横柄な態度にユージィンは呆気《あっけ》に取られてしまっていた。

そんなユージィンに、兄はにやりと笑って見せた。

「お前が俺の弟のユージィンだろう？　話に聞いていた通り、確かに姿は似ているが、目の色が違うとは聞いていなかった。まあ、なんとでもなるだろう。急げよ」

何だかよく分からないままやっとそれぞれの衣装に着替えた時、兄はユージィンに頭布を目深《まぶか》に被せ、「下を向いていろ」と耳打ちした。自分たちの唯一の違いである、瞳の色を隠すためだ。

やがて扉から、大勢の大人たちが慌ただしく入り込んで来た。不意にいなくなった皇太子を慌てて探していたのだ。黒と白の衣装を来た少年が二人、向き合っているのを見るなり、一人が顔色を変えてずかずかとこちらに歩み寄った。確か、熱烈な皇太子尊重派の聖職者だった。

「ユージィン殿はまだ、皇太子殿下から謁見賜る身分にはございません。皇太子のお傍に寄るなどと恐れ多い真似《まね》をして、子供だからとて厳罰は免れますまいぞ」

そんなことを言って、兄の肩を乱暴に摑《つか》んだ。白い衣装を身に着けた兄を、ユージィンと勘違いしていたからだ。状況を見れば、兄が自分の意志でこっそりとユージィンの部屋を訪れたのは明らかなのだが、咎《とが》められるのはユージィンの方だ。身分とはそういうものなのだから仕方がないと、今は分かる。

だが、当時のユージィンは混乱したまま、大人に揺さぶられる兄を見つめていた。

兄は昂然《こうぜん》と顔を上げると、肩を摑む腕を振り払った。

「この阿呆《あほう》ども！」

そう一喝した。青い瞳が露になり、事の次第を悟った大人たちは皆蒼白だった。

「たかが衣装を取り換えただけだと言うのに、雁首《がんくび》を揃《そろ》えて自分たちが仕える主の顔すら見分けがつかないか！　それで俺に忠信を誓うなどと片腹痛いわ。お前たちは仕える主を違《たが》えるような間抜けだ。努々《ゆめゆめ》自分たちを悧巧《りこう》などと思うなよ。子供だからと侮るとせっかくの生涯を無駄に短くすることになるぞ」

瞳を煌《きら》めかせ、高らかにそう言った。子供ながら空恐ろしくなるような気迫をもって、大人たちを平伏させたのだ。

「以来、兄上を子供と侮る者はいなくなったということです」

「そんなこと言ったって、イシュマとユージィンはびっくりするくらい瓜二つだよ。間違えるのは仕方がないのに」

そうは言うが、小鳥自身は兄とユージィンを間違ったことは一度もないのだ。

「ご存知の通り、兄上はもともと王位継承権が下位でいらっしゃいました。私たちの父が兄上を後継者と認めたのは、父が熱烈に兄上の母君を愛していたことと大きく関係しています。兄上ご自身の資質が果たしてどれくらいのものか、危ぶみ軽んずる家臣を初手から叩《たた》く策を練ったのでしょう」

「……とんでもない子供だね。ほんと、イシュマは昔からイシュマだね」

「そうですね、兄上は昔から兄上でしたね」

明るい太陽の下、二人は笑い合う。小鳥が兄との子供時代をもっと知りたそうにしていたので、ユージィンは昔の記憶を辿《たど》る。

兄のイシュマがいかに悪戯《いたずら》好きだったか。歳が近かった二人は王宮の中で度々家庭教師たちからの授業を共に受けたが、その度に王宮の隅にあるあずま屋に行ってみよう、厨房《ちゅうぼう》へ行って菓子を摘《つま》み食いしようと様々な悪戯に付き合わされたものだ。王が住まう宮はどこか現実をかけ離れた雰囲気があり、少年二人の冒険には事欠かなかったのだ。

「付き合わされる方はたまったもんじゃなかったでしょう？」

「いいえ、私も楽しかったのが本当です。王宮の生活は、子供にはとても窮屈です。私はそれほど危険を好む気質でもありませんでしたが、やはり子供心に何がしかの刺激を求めていたのでしょうね」

小鳥は楽しげに、ユージィンの話を聞いている。兄弟の幸福な時代を脳裏《のうり》に描いているのだろう。

「そのような少年期を過ごしたので、最早私は兄上には頭が上がらないのです。この国の王族に生まれた以上仕方がないとは思っていましたが——王族というより、兄上の弟として生まれた私の運命であるような気がします」

「ユージィンは、本当にお兄さんのことが好きなんだね」

率直な言葉を聞いて、一瞬返す言葉に詰まってしまう。

そうなのだろうか。自分は兄を好きなのだろうか。兄のことはもちろん尊敬している。こうして向き合っている小鳥のことも、だから大切にしなくてはならないと思っているのだと思う。兄の大切な人だから、自分にとっても大切なのだ。

そうでなければならない。もしも兄の『花嫁』として出会ったのでなければ、自分もこの人に惹《ひ》かれたかもしれない。そんな風に考えてはいけない。

「ちょっと待って、あれ何だろう。見て来てもいい？」

突然そう言って小鳥が椅子から立ち上がり、駆《か》け出す。ユージィンははっと我に返った。

「待って下さい、そんなに走っては危ないですよ」

ユージィンの制止を聞かず、小鳥は真っ直ぐに駆けて行く。目の前にはバザールの広場が広がっており、その中央に祈りの時間を知らせる鐘楼《しょうろう》が聳《そび》えている。

「小鳥様？」

慌てて小鳥を追ったが、小さな背中は折からの人波に飲まれ、行方《ゆくえ》を一瞬にして見失った。

「小鳥様‼」

大声を上げて辺りを見回した。小鳥は鐘楼の根元にいた。空を仰ぎ、大きく腕を開いていた。真上から落ちて来る何かを受け止めるためのポーズだ。

見れば、鐘楼の三階の窓に、小さな白い影がぶら下がっている。恐らく白い仔猫だ。悪戯をしていて、窓から落ちそうになっているのだろう。それを小鳥は受け止めようとしている。

周囲の者たちも事態に気付き、女の悲鳴が上がった途端、その白い影は窓からぽろりと落ちた。

「小鳥様！」

大きく手を開いて、落ちて来た小さな体を受け止める。勢い余って、仔猫を抱いたまま真後ろに尻餅《しりもち》を着いて引っ繰り返ってしまった。ユージィンは急いで駆け寄り、その場に跪《ひざまず》いて小鳥を抱き起す。

「何て危ない真似を……！　お怪我《けが》はありませんか⁉」

「大丈夫。小さい猫だから」

そして体を起こすと、腹の上で震えている仔猫を覗《のぞ》き込んだ。

「怪我はないよね、良かった！　遠目から見て今にも落ちそうだったから。地面に落ちて怪我をしたらどうしようって心配だったんだ」

「だったら私に仰《おっしゃ》って下さい。小鳥様御自らが危険な真似をする必要はありません！」

「俺、前に同じような状況でイシュマに助けてもらったことがあるし。この国の猫を守るのは、イシュマへの恩返しだよ。それに俺は男なんだし、多少粗っぽいことしたって大丈夫だってば」

「そういう問題ではありません。小鳥様は我が国の国賓にもあたる方。万一のことがあったらどうなさるおつもりだったんです！」

「だって、王子様にそんな危ないことさせられないし」

「私は兄上とは違って皇太子ではありません。王族ではありますが、小鳥様に御身呈して守っていただくような価値はありません」

「そんなの、俺にも、今ここにいる街の人たちにも関係ないよ。皆、大事な王子様に怪我をして欲しくないんだ。それに俺だって、ユージィンに怪我をさせるのは嫌だよ」

周囲を見回し、小鳥がにっこりと笑う。騒ぎを聞きつけ、バザールの人々が集まっているのだ。

「ほら、皆びっくりしてる。イシュマじゃないって気付いてて、いつも温和なユージィンが怒鳴《どな》ってるからびっくりしてるんだよ」

そこに、街の子供たちが親らしき大人を連れ、慌ただしくやって来た。

「ありがとうございます。あれはこのバザールに店を開く者たちで飼っている猫なのです。悪戯っ子で困っているのですが、もしも怪我をしたら子供たちが悲しむところでした」

「良かったです。怪我がなくて」

小鳥は和やかに会話を交わしているが、ユージィンは内心焦っていた。これ以上人が集まるとまずい。万一何かがあった場合、護衛が近付けなくなる。

一先《ひとま》ずここから離れようと、小鳥の無事を確かめ、連れて来た馬に乗せると、どこからか小さな花束が飛んで来た。

「王子様の優しい御妃様！」

小鳥はそれを受け取り、周囲に向かって手を振って見せる。

「ありがとう」

歓声がわっと上がるのを聞いて、ユージィンは先ほど抱《いだ》いた疑問の答えを得た。

小鳥は兄の恋人としてでなく、遠い異国から来た少女でもなく、ただ優しい笑顔を持つこの人であることで、街の民から受け入れられているのだ。不思議な魅力で、何の計算もなく人心を掌握《しょうあく》しているということになる。

「良かった。イシュマの大切な人たちの役に立てて。イシュマはイシュマで忙しいから、国の全部の人たちのことをすぐ傍で見守るなんて出来ないもんね」

だから自分が代わりを果たせたようで嬉しいと言う。そして、小鳥がぽつりと呟いた。

「イシュマは今、お見合いしてるんでしょ？」

何の前触れもなく小鳥がそう言ったので、ユージィンは言葉を失った。

「……どうしてそのことを……」

「昼寝から目を覚まして、中庭を通ってイシュマの部屋に入ろうとしたら、二人がそんなこと話してるの聞こえたから」

「そんな馬鹿《ばか》な。あの時、兄上とは宮中言葉で話していたはずです。小鳥様はご理解が出来ないはず」

そこまで言って、ユージィンは自分の失言に気が付いた。これでは兄の見合いが行われていると肯定したも同じではないか。

「でも、イシュマとユージィンが話してる内容だと、何となく分かる。単語とか、文法とか俺にはよく分からないけど、でも分かるんだ」

ユージィンには衝撃だった。兄の傍にいて、宮中言葉は度々耳にしていたに違いないが、勉強をしなくとも、感覚だけで聞き取り理解が出来るようになったということだ。兄も言った通り、この人はただ可愛いだけの人ではないということか。

何より、あの会話を聞いて、兄には頻繁《ひんぱん》に縁談の話が舞い込んでいると知った小鳥がどんなに不安に思っているか、考えると胸が痛くなる。だが、小鳥は平気だと笑って見せる。

「だってお見合いも、イシュマには仕事みたいなものなんでしょ。それにいちいち怒ってても仕方ない。俺には、イシュマを拘束する権限は何にもないんだから」

肩越しに振り返り、ユージィンに何も心配しないで、と言う。

「次はどこに連れて行ってくれるの？」

これから向かうのは、兄から必ず今日中に向かうよう、指示があった場所だ。

「目的の場所に着いたらお教え致します。兄上に、今日のうちに絶対に、そこへ小鳥様をお連れするよう、強く言い付けられておりますので」

ユージィンは手綱を強く取り、馬を急がせる。

大丈夫だ。あの場所に連れて行けば、小鳥はきっと元気を取り戻す。小鳥が笑ってくれているのでなければ、自分も胸が塞《ふさ》がれるような気がした。


そこは、王宮から少し離れた場所にある。王宮を出て砂漠へ向かうルートの途中、砂色の景色が続く中、不意に緑が茂った小高い丘が現れる。この国を囲む砂漠の稜線《りょうせん》は王宮の間近にまで迫っているが、そこだけは何かに守られているかのように、砂に侵食されることがない。陸続きの小さなオアシスと言えた。

常に水不足に喘《あえ》ぐラハディールでは、緑や花は宝石のように希少価値があり、大切にされる。このオアシスにも王族が許可した者しか立ち入ることが出来ない。

なだらかに続く緑の丘を進み、一本の木の傍でユージィンは馬を止めた。

「ここからは馬が入れません。少々歩いて頂くことになりますが、お疲れではありませんか?」

「大丈夫。こんな場所があるんだね、緑が気持ち良さそう。この先に何かあるの?」

そう問われてユージィンは言葉に詰まる。

兄に託されていたとはいえ、本当に自分が小鳥をここに連れて来ても良かったのだろうか。今日の事情を考えれば仕方がなかったとはいえ、兄はここに同伴出来なかったことをさぞ残念に思っているだろう。

小鳥が先程街の人に贈られた花束を大事に持っているのを見て、ふと思い付いた。かの女性が好きだったという花の話を、兄はよくしていた。この周囲にも時折咲いているのを見かける。

「小鳥様、少し探し物があります。見付けて参りますので、この辺りにいていただけますか」

「分かった」

「あまり遠くに行かないように!　あまり心配させないで下さい!」

「はーい!」

元気よく答え、緑の奥へと歩いて行く小鳥に、ユージィンはやれやれと肩を竦《すく》める。

破天荒だとか、無茶苦茶だとか、小鳥はそんな風に兄を表現するが、小鳥は小鳥でかなりのものだ。

だが彼らと一緒にいると、自分も楽しいと思う。それも本当なのだ。


目当ての花を摘んで、緑の奥にある霊廟《れいびょう》に向かう。

そう、ここにはある妃が眠る小さな霊廟が設けられているのだ。

水気をたっぷりと含んだ草を踏み締めて歩くと、やがて小さな白い建物が現れる。それほど大きくはない。大理石で作られた柱が屋根を支え、棺《ひつぎ》が入った空間を積み上げられた石壁が囲んでいる。その入り口にあたる、やはり小さな門の前に、白い大きな花束が横たわっていた。恐らく今日に合わせて父が届けさせたものだろう。

現在、国事にも精力的に取り組む父は、賢王として知られるが、同時に英雄色を好むの言葉通り、様々な女性と関係を持った。それでも、最愛の女性の死後十九年が過ぎた今となっても、その命日には白い花束を用意し、捧げている。父の母への気持ちは何年経っても色褪《いろあ》せることがないようだ。

「花、摘んでたの？　綺麗だね」

霊廟の前で、小鳥は膝を抱《だ》くようにして座っていた。アジアの出身にしては色素の淡い髪が風に揺れている。

「ねえ、ユージィン……さっきはああ言ったけど」

小鳥は前を向いたまま、ぽつんと言葉を落とす。

「ほんとはやっぱり心配なんだ。イシュマに、他に好きな人が出来るんじゃないかって」

イシュマには絶対内緒だよと言い置いて、小鳥はこう言った。

「たくさん結婚の話があって、綺麗な女の人たちに囲まれて、それでも俺を選んでもらえるっていう自信が全然ない。今更だけど、イシュマと俺って何の共通点もないんだよね。生まれた国も、環境も、立場も何もかも違う」

そんなことはとっくに分かっていたはずなのに。

王宮にいても、街中にいても、皇太子を称賛する言葉を聞く度に、とても嬉しくて仕方がないのに、自分たちのあまりの違いに途方に暮れそうになる。

「生活する場所も……心の距離と身体の距離は絶対にイコールじゃないはずなのに、離れてるとやっぱり不安になる。飛行機で十何時間もかかる距離だもの。インターネットが普及して、地球が小さくなったとかよく言うけど、やっぱり実際の距離は何も短くなんてなってないんだよね。離れてる間は、怖いっていつも思ってる。体が離れてる間に、心も遠くなったらどうしよう。イシュマが俺のこと好きじゃなくなったらどうしよう。ほんと、時々頭に来るんだけど、自分でもバカみたいだって思うけど、それくらいイシュマのこと好きなんだ」

背中を向けて膝を抱《かか》えたままぽつりぽつりと独白する。その小さな後姿を、腕の中に抱き締める。柔らかな髪から、よく知っている甘い汗の匂いがした。

「ユージィンが相手だと、ずいぶん素直なんだな」

耳元で囁くと、小鳥が息を呑《の》んで振り返る。

「イシュマ⁉」

「別の男と見間違えられて本当なら怒るところだが、今の言葉が本心なら許してやる」

父の宮で茶会には出席したものの、やはり小鳥のことが気懸《きがか》りで見合い相手の娘が歌を披露し終わった途端に退席した。一応の義理は果たしたので、サルファにもとやかく言われることもあるまい。ユージィンは先に王宮へ帰らせている。

吐露した不安をすべて聞かれたと悟って、小鳥は真っ赤になっていた。

咄嗟《とっさ》に立ち上がり、遮二無二《しゃにむに》逃げようとするのを捕まえて、力づくで前向かせる。

「俺の心変わりを不安に思っているというのは本当か？」

「……だって」

「高校を卒業したら緑化政策を学ぶためにこちらに来ると約束したな？　俺はそれが今から楽しみでならない。お前は違うのか？　心にあるのは現在の不安だけか？」

小鳥は下を向いて唇を嚙《か》む。

「それだってまだ一年以上ある。約束したときは、きっとすぐだって思ってたけど、俺は毎日日本にいて、普通の、平凡な高校生の生活を送って……その間イシュマが他の人を好きになっても俺は何も分からない。何の手立ても出来ない。そう思ったら、イシュマが好きだって言ってくれたことも、だんだん曖昧《あいまい》になっていくんだ」

「意味が分からない。俺が指輪を贈ったことを忘れたか？　俺の『花嫁』。お前は、俺を信じているからこれを身に着けているんじゃないのか？」

「これは……」

イシュマが贈った指輪を嵌《は》めた指を、小鳥はぎゅっと握り締めた。

「俺にとってもすごく大事なものだよ。俺とイシュマを、ラハディールを結ぶ唯一のものだから。でもこれを見る度、自分がこの指輪に見合う人間なのか、イシュマに相応しいのかって、自問自答して苦しくなるのも本当なんだ」

一息にそう言うと、小鳥の大きな目から涙が零《こぼ》れ落ちた。どんな宝石より美しい、その一滴を指で拭《ぬぐ》ってやると、一瞬どうしようもない切なさと悲しみに襲われた。

海を越えて、陸を越えて、遠い場所で暮らしている今の状況がもどかしいのは、イシュマも同じだ。

そう、同じなのだ。小鳥が言う平凡な高校生であろうと、いずれ王位を継ぐ皇太子であろうと、恋人と離れていれば寂しいし、恋人が泣けば、同じように悲しくなる。

そんな簡単なことが、どうして分からないのだろう。

「……馬鹿な奴だ」

笑って、小鳥を抱き締める。何にも囚《とら》われて欲しくはないのに、強靭《きょうじん》な鎖で自分の傍に繋ぎ留めておきたいとも思う。

「お前、どうして俺がここにお前を連れて来たか、気付いてるか？」

「分からないよ。俺、ここがどこかもまだ知らないから」

「ここに、俺の母が眠っている」

小鳥がはっと息を止めた。

「お母さん？　イシュマの？　十九年前に亡くなった？」

「そう。映像でしか姿を知らないが、俺にとっても大切な人だ。この人がいなければ、俺はこの世に生まれなかったし、お前に会えなかった」

言葉を尽くして、小鳥に今の気持ちを伝える。

「後宮に入った女性が死ぬと、通常なら修道院に送られるのが常だが、父はここに母一人の墓標を立てた。物静かで自然の花が好きな女性だったから、緑の多い場所で眠らせてやろうと思ったらしい」

そして、いつでも二人でいられるように。

いつでも愛する人に会えるように。

その気持ちが今のイシュマにはよく分かる。絶望的に距離が離れていても、やはり愛する人を慈《いつく》しみたいと思う。その気持ちに、王族も街の民も、外国人もなんの違いがあるだろう。

「この場に連れて来たのはお前一人。母上に会わせたいと思ったのはお前一人だ。それでいいだろう」

恭《うやうや》しく小鳥の手を取り、その白い指先に口付けをした。

休暇が終われば、小鳥はまた日本に戻り、「普通」の高校生になる。しかし、どこが普通で平凡なのかとイシュマは思う。小鳥はこんなにも自分を落ち着かなくさせる。指輪を贈り、何度となく永久の愛を誓う。恐らくこれからも、何回も。

そんな相手は、この地球でたった一人なのに。

「さあ、王宮に戻ろう。ユージィンは先に帰らせておいた。お前を持て成す宴《うたげ》の指示するよう頼んである」

「花火とか、パレードとかはいらない……」

ぽろぽろ涙を零しながらも、イシュマの派手なもてなしは好きではないとしっかりと拒む。その自己主張を、イシュマはただ愛しいと思った。

「派手なことは何もない。美味《うま》い食事の用意と、寝心地のいいベッドがあるだけだ」

それから、ユージィンが寝室にシリンダ・ローズの花束を、またたくさん届けたいと言っていた。母は白い花束が似合う人だったというが、小鳥には色とりどりに咲く満開の花が似合う。

花のように幸せで、笑っていて欲しいと心から思う。

「今日は花の香りの中、お前を抱いて眠りたい。それくらいなら、許してくれるだろう？」

濃密な夜を思わせる言葉を囁き、誰《だれ》より愛しい花嫁をイシュマはその胸に抱き締めた。

あとがき

はじめまして、またはこんにちは。雪代鞠絵です。

アラブの王子様と日本産すずめ（イメージ）のラブ&エロをお届けします。

今回、この原稿を見返していて、あれこれ大変でした。とりあえず文体がなんか違う！最近は主人公視点でお話を書くことはほとんどないので、セリフ以外の文である地の文に使う単語とか語尾とかの違いにすっかり戸惑ってしまいました。なので書き下ろしは攻の弟王子、ユージィンの視点から。あちこちのあとがきで呟いておりますが、私はこういった受攻に関係ない第三者的なキャラクターがほんと大好きです。

あと、あれですわ、エッチの回数が非常に多いですね〜！　これを書いた当時はラブ&エロが全盛で、エッチの回数もページあたりの頻度にノルマがあり、ノルマ分だけ濡れ場を入れた上でお話を進めるなんて、いったいどうすれば…、と頭を抱えたものです。しかし慣れとは恐ろしいもので、濡れ場ノルマのないレーベルでのお仕事でも、気が付いたら妙にエロが多くなっていたりしたものです。それはそれでいいことですよね。

なんたってBLですもの！

さて、このあとがきを書いているのは十二月の真冬です。今年は夏も暑かったけど、この冬は凍てつくような寒さです。寒さも凌ぎたいですがエコも意識したいところなので、熱い飲み物をしょっちゅう淹れて、エアコンはなるべく使わない方針です。

飲み物は午前中だけコーヒー、午後からお茶に切り替えています。お茶の世界は本当に奥が深い！　世界中に色んなお茶があるのでいくらでも楽しめます（コーヒーも色んな種類があるけど、苦いのが苦手なのでたくさん飲めない）。何やかやで忙しくて外出もままならないときには色んな国のお茶を引っ張り出してお茶の世界一周をしているのでした。

防寒対策からえらい話が飛びましたが、分厚い布団に包まってこのあとがきを書いているわけです。なので熱砂の国のお話を書いていると何やら不思議な気持ちに……。あ、ラハディールは架空の国ですので、本作の設定には色々と創作が含まれております～。どうぞよろしくお願いします。

最後になりましたが、素敵なイラストをつけて下さった緒田涼歌先生、本当にありがとうございました。表紙カラーの籠の中の小鳥がいたわしすぎて胸がときめきます。イシュマもユージィンもイメージ通りで本当に素敵です。そして今、深夜も会社でこの本の最終確認にあたって下さっている編集者様。どうぞお体に気を付けて下さい。

何より、この本をお手に取って下さった読者の皆様に心からの感謝を。

どうぞまたどこかでお会い出来ますように。

雪代鞠絵

✦初出　月夜の王子に囚われて…………………小説ショコラ
月と薔薇の秘密…………………………ショコラノベルズハイパー
（2004年4月刊）
薔薇と王子に囚われて…………………書き下ろし

雪代鞠絵先生、緒田涼歌先生へのお便り、本作品に関するご意見、ご感想などは
〒151-0051 東京都渋谷区千駄ヶ谷 4-9-7
幻冬舎コミックス　ルチル文庫「月夜の王子に囚われて」係まで。

幻冬舎ルチル文庫

月夜の王子に囚われて

2013年12月20日　第1刷発行

✦著者　雪代鞠絵　ゆきしろ まりえ

✦発行人　伊藤嘉彦

✦発行元　株式会社 幻冬舎コミックス
〒151-0051 東京都渋谷区千駄ヶ谷 4-9-7
電話 03(5411)6431［編集］

✦発売元　株式会社 幻冬舎
〒151-0051 東京都渋谷区千駄ヶ谷 4-9-7
電話 03(5411)6222［営業］
振替 00120-8-767643

✦印刷・製本所　中央精版印刷株式会社

✦検印廃止

ISBN978-4-344-83005-9　C0193　Printed in Japan